파도를
기다리다

파도를

기다리다

코이께 마사요 소설집 _ 한성례 옮김

창비

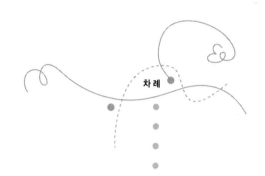

차 례

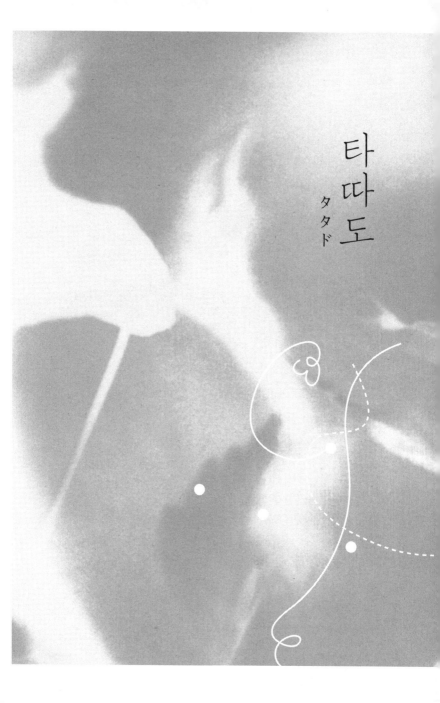

타
따
도

タ
タ
ド

수염을 깎고 나서 이와모또는 얼굴에 화장수를 바르고 있다. 면도 독에는 이 화장수가 좋다. 피부가 약한 것은 어머니에게 물려받은 유전이다. 그래서 수염을 깎은 뒤에 그냥 놔두면 금세 살갗이 빨개지고 따끔거린다. 싸게 파는 약국 체인점에 들렀을 때 남자 직원이 이것을 권해주었다.

─사실 여성용 화장수지만 남자가 사용하지 말란 법은 없으니까요. 알로에에서 짜낸 액이 들어 있어요. 아주 좋은 제품이죠. 저도 쓰고 있습니다.

얼굴을 보니 자신보다 스무 살은 젊어 보였다. 남자 피부라고 여겨지지 않을 만큼 피부가 좋았다. 문득 마음이 흔들려 그걸로 달라고 말했다. '알로에의 요정'. 2천 엔도 되지 않았다.

화장품 병을 흔들어 투명한 녹색 액체를 몇방울 한쪽 손바닥에 떨어뜨린다. 그것을 양손으로 두드려서 얼굴에 찰싹찰싹 바른 다음, 마지막에는 양 손바닥으로(이것이 중요하다) 자신의 얼굴 전체를 감싸고 지그시 누른다. 그리고 액체가 천천히 피부에 스미는 것을 상상한다. 아무 생각도 하지 않는다. 생각해선 안된다…… 그렇게 1, 2, 3, 4, 5, 6초 정도 가만히 있는다.

이와모또 속에 스며드는 것은 이미 알로에 화장수가 아니라 이름붙일 수 없는 어떤 것이다.

뺨을 손바닥으로 감싸면 마음이 편안해진다. 요즘은 여자의 손길이 자신의 뺨을 부드럽게 감싸준 적이 없다. 마치 예전에는 있었다는 말처럼 들리지만, 기억을 돌이켜보아도 떠오르지 않는다. 누군가의 얼굴을 감싸준 적은 있었는지 생각해보지만, 그것도 전혀 기억나지 않는다.

거울에 비친 자신의 얼굴을 이와모또는 지금 가만히 들여다보고 있다. 몹시 유들유들해 보이고 못생긴 얼굴. 보면 볼수록 타인의 얼굴처럼 느껴진다. 전에 누군가는 불독 같다고 말했다. 짜면 진한 육즙이 나올 것 같다고도 했다. 볼만한 가치가 있는 얼굴이라고도 했고, 한번 보면 절대로 잊히지 않는 위엄있는 얼굴이라고 한 사람도 있었다.

이와모또는 자신의 얼굴이 마치 낡아빠졌지만 내다버리지는 못하는 가방 같다고 생각했다. 가끔은 자신이 곧 가방이라고 여겨질 때도 있었다. 활짝 열어보면 내장도 아무것도 없는 빈 가방. 오싹했다.

초등학생 때는 별명이 하마였다. 그뒤로도 내내 괜찮은 별명이 붙어본 적이 없다. 메기, 두꺼비, 듀공이 되었다가 마지막에는 프로토케라톱스에까지 이르렀다. 교과서에 실려 있던 공룡인데, 칠천만년 전에 멸종한 녀석이다. 덧붙이자면 듀공은 바다에 사는, 얼굴이 찌부러지고 못생긴 포유동물이다. 이것 또한 거의 멸종되었다고 한다.

지방 텔레비전 방송국의 프로듀서인 이와모또는 중견 여배우의 진행으로 각계의 저명인사를 초대하는 인터뷰 프로그램을 만들고 있다. 계속 스폰서를 찾아내야 하는 것이 문제여서, 최근 몇년 동안은 돈이 나올 만한 구멍을 찾아 이리저리 필사적으로 뛰어다녔다. 길바닥에 돈다발이라도 떨어져 있기를 바라는 심정이다보니, 저도 모르는 사이에 길을 걸을 때면 정말로 시선을 아래로 향하고 다니게 되었다.

그러던 것이 다행히 올해부터 돈의 흐름이 원활해졌다. 한 화장품 회사가 계속해서 스폰서를 맡겠다고 나서준 덕에, 인격마저 망가져버릴 것 같던 스폰서 찾는 일에서도 얼마간은 해방되었다.

프로그램에 출연중인 여배우는 마흔다섯이 넘으면서부터 날카로움이 사라지고 편안한 얼굴이 되었다. 키시가미 타마요라는 이름의 그 배우는 영화에서 주로 단역만 맡고 있지만, 젊었을 때는 몇편의 영화에서 주연을 맡기도 했다. 머리가 좋고 순발력이 뛰어난데다 노력을 게을리하지 않는다. 프로그램을 처음 시작했을 때는 저런 수수한 여배우로 오래갈 수 있을까 걱정하는 사람도 많았지만, 이와모또는 프로그램이나 타마요나 오히려 이제부터 인기를 모을 것이라고 생각하고 있다.

하지만 이와모또는 이제 이 일에도 어지간히 싫증이 나 있다. 지금까지 일에 목매단 듯이 이 업계에서 일해왔다. 앞으로도 계속해서 눈이 팽팽 돌 것 같은 변화에 적응하고 사람들 속에서 늘 긴장해야 하는 일에 심한 피로감이 느껴졌다.

　—당신, 언제부터 화장수 같은 걸 바르기 시작했어요? 좀 이상해요. 아까부터 보고 있었는데, 꼭 아줌마 같아.

　어느 틈에 아내 스즈꼬가 세면대 옆에 와 있었다. 이와모또 옆에 나란히 서서 거울 속의 이와모또를 향해 말했다. 스즈꼬는 신랄하긴 하지만 심술궂은 여자는 아니다.

　거울 속의 아내를 말없이 바라보았다.

　평소 화장을 거의 하지 않는 스즈꼬의 얼굴에는 주근깨가 빼곡히 박혀 있다. 타고난 피부가 그렇지만 후천적으로 더 늘기도 했으리라. 조금 난 정도가 아니라 얼굴 전체를 온통 뒤덮고 있다. 하지만 스즈꼬는 그대로 드러내고 다닌다. 주근깨는 등에도 있다. 가슴에도 귀 뒤에도, 그리고 이와모또가 기억하는 한 거기에도 있었다.

　서로가 이십대였을 때 이와모또는 이 여자를 만나 한눈에 반했다. 그때부터 여자는 주근깨투성이였다. 처음 보았을 때는 무척 귀여웠다. 가슴이 두근거리고, 흩어진 주근깨가 마치 별자리처럼 그 모양 그대로 이와모또의 가슴 속에 옮겨와 박혔다.

　지금도 가슴속에 그 흔적이 있다. 주근깨를 보고 있으

면 기분이 좋다. 하늘 가득 빛나는 별을 보고 있으면 이유도 없이 가슴이 뭉클한 것처럼, 이와모또에게는 스즈꼬의 주근깨도 마찬가지다. 하지만 아내는 그것을 모른다.

이렇게 나란히 서서 거울에 비친 자신들의 모습을 바라보고 있자니 묘하게도 신선한 느낌이 든다. 우리는 어울리는 걸까 어울리지 않는 걸까. 그렇게 생각하며 이와모또는 타인의 초상화를 바라보듯 거울 속의 자신들을 바라본다. 부부는 이십년이 넘게 같이 살아왔다. 둘 사이에는 아이가 없다.

—다음주 일요일에 오까다 씨가 여기 들르겠대요. 메일이 왔어요. 당신 시간은 어때요?

오까다는 원래 아내와 알고 지내던 사이다. 둘은 전에 동료로서 '다리'에 관한 작은 전문잡지를 만들었다. 그 당시의 일을 이와모또는 알지 못한다.

—난 괜찮아. 오라고 해. 그런데 오까다 씨는 아직도 일자리를 찾지 못했나?

—아마 아직 그럴 거예요. 구하려고 애쓰지도 않아요. 메일에는 별다른 얘기가 없지만.

—자고 가라고 하지그래? 집도 멀고.

—네, 어차피 그렇게 되겠죠 뭐.

—아 참, 그날 타마요도 오기로 했어. 의논할 일도 있고 해서.

　남편이 타마요라고 그녀의 이름만 부르는 것을 스즈꼬는 처음 듣는 것 같았다. 보통은 타마짱이라고 불렀다.

　—오까다 씨는 타마요 씨와 처음 만나는 거죠?

　—그렇지. 그래도 괜찮겠지 뭐.

　—그래요, 떠들썩하고 좋을 것 같아.

　이와모또 부부의 바닷가 집은 낡긴 했어도 널찍한 단층집이다. 손질은 안돼 있지만 넓은 정원도 있다. 큰 나무가 아무렇게나 여럿 자라 있어 여름에는 모기가 극성을 부린다. 토오꾜오 출신인 두 사람은 삼년 전에 이 집을 샀다. 놀랄 만큼 싼 가격이었다. 토오꾜오에서 차로 네 시간 반. 이곳에 오면 바닷물도 훨씬 투명하다. 토오꾜오에도 집을 한 채 갖고 있지만 바닷가 집에 비하면 장난감처럼 조그만 상자에 불과했다. 폭이 좁고 작은 땅에 길쭉하게 지은 삼층 건물이어서 화장실도 목욕탕도 모두 좁았다. 그나마 대출을 받아서 산 그들의 성이었다. 그 대출금도 이제는 다 갚았다. 그것을 목표로 여러 해 동안 방송업계에서 분투해왔던 것이다.

그런데 어느날, 그 좁은 화장실에서 소변을 보고 지퍼를 올리다가 등뒤 벽에 세게 부딪쳤다. 엉덩이에 퍼렇게 멍이 들었다. 이처럼 터무니없이 좁은 화장실이 있는 신바시의 어떤 술집에 자주 드나들었는데, 집에서도 똑같다고 생각하니 한심하다는 생각이 들었다. 한창 때에 비해 살이 찌고 배가 나온 탓도 없지는 않았다. 아, 하고 탄식이 저절로 새어나왔다. 정말이지 몸을 맘껏 펴고 소변을 보고 싶은 생각이 간절했다.

이곳 바닷가 집의 화장실은 목욕탕처럼 넓다. 그렇다고 만족스러운가 하면 그렇지도 않다. 몸이 좁은 공간감각에 길들어 무의식중에 몸을 웅크리고 조심스럽게 움직였다. 잘 때도 새우처럼 등을 구부리고 자다가, 아 여기서는 괜찮으니 다리를 쭉 펴고 자야지, 하고 다짐할 때도 있다. 두 집을 왕복하면서 이와모또는 자신이 늘어났다가 줄어들었다가 하는 이상한 느낌을 맛보고 있다.

지금은 금요일 밤이면 토오꾜오를 탈출해서 토요일과 일요일을 거의 이곳에서 보낸다. 스즈꼬는 거의 이곳으로 거점을 옮겼다. 여간해서는 토오꾜오에 나가지 않는다.

흐린 날씨가 계속되는 봄이었다.

하지만 일요일은 활짝 개어 바다 쪽에서 평온하게 파도가 반짝였다.

오후 두시쯤, 빨간색 중고 폴크스바겐 비틀이 바닷가 집 앞에 멈춰서고 그 안에서 키 큰 남자가 나타났다. 오까다다.

문을 밀고 들어서자마자 갑자기 스즈꼬에게 말한다.

—저기, 만약에 고양이를 차로 쳤으면 어떻게 해, 당신은?

그는 언제나 이런 식이다. 자기 페이스로 밀고 나간다. 제멋대로라고 할 수도 있지만, 웃기 싫은데 비위를 맞추느라고 웃거나 하진 않는다. 그런 사람이라고 받아들이면 사귀기 쉽고 편한 남자다.

스즈꼬는 깜짝 놀랐다. 한동안 못 본 사이에 몹시 야위었기 때문이다. 왜 살이 빠졌느냐고 물어볼 수도 없을 만큼 심하게 야위어서, 왜, 무슨 일이에요, 하고 스즈꼬는 질문에 응하듯이 반문할 수밖에 없었다.

—그러니까 만약에 당신이 운전을 하다가 고양이를 치어버렸다면 어떻게 할까 궁금해서.

—고양이를 치었나요?

이와모또가 안에서 나오면서 물었다. 오까다와 별로 나

이 차이가 나지도 않는데, 옛날부터 이와모또는 오까다에게 마치 자신보다 훨씬 나이 많은 사람을 대하듯이 말한다. 두 사람이 나란히 있으면 오히려 이와모또가 더 넉살도 좋고 윗사람처럼 보이지만 이와모또는 항상 오까다를 공손하게 대하고 예의바른 말투를 지킨다.

오까다는 말없이 고개를 저었다.

—아니, 아까 여기로 오는 도중에, 운전을 하고 있는데 고양이 같은 게 휙 하고 눈앞을 지나가지 뭐요. 간 떨어지는 줄 알았지. 그런데 브레이크가 아니라 액셀을 밟아버렸거든. 분명히 뭔가 부딪친 것 같은 느낌이 들었는데, 치었다고 생각은 했지만, 그냥 와버렸지요.

—타이어에 뭔가 묻지는 않았나요?

—예를 들면 피라든가……

스즈꼬가 덧붙였다.

—아니, 아무것도 없었소. 하지만 지렁이 한 마리라도 죽이고 나면 뭔가 께름칙하니까.

—어릴 때는 아무렇지도 않게 지렁이를 토막내곤 했었는데 말이지요.

—언제부터 그렇게 됐을까……

—그야 어른이 되고 나서부터겠죠, 당근.

이와모또가 젊은이 말투를 흉내내어 말했다.

스즈꼬는 무슨 소린지 모를 대화에서 빠져나와 부엌으로 가서 차를 준비하기 시작한다. 대화는 두 남자에게 맡겨버린다.

—어제는 현관 앞에 있던 이따만한 지렁이가 문에 끼여버렸는데, 녀석이 마구 몸부림을 치면서 고통스러워하는 거요. 꼭 신경 급소를 건드린 것처럼. 그 모습을 차마 볼 수가 없어서 문을 더 세게 닫아버렸지요. 그걸로 확실하게 죽었다고 생각했는데, 그런데 말이죠, 오늘 아침에 보니 글쎄 없어진 거야. 사라지고 없어.

—사라지다뇨. 살아났겠죠. 문틈에 끼였다고 그리 쉽게 죽진 않아요. 어딘가 도망쳤을 겁니다.

—그런가…… 그렇게 간단하게 설명할 수 있을까……

—아, 그러니까 오까다 씨는 죽였다고 실감할 수 있는 증거가 필요한 거군요.

—그야 그렇지. 사체가 없어졌다는 건 아무래도 이상하잖소. 고양이를 친 줄 알았는데 아무 데도 흔적이 없으니.

그렇게 말하면서 오까다는 전에 키우던 새가 죽었을 때도, 개가 죽었을 때도, 고양이가 병으로 죽었을 때도 자신은 손도 까닥하지 않고 뒤처리를 모두 아내에게 맡겼던 것을 생각해냈다. 아내는 오까다가 직장을 잃은 얼마 후에 집을 나갔다. 외아들은 독립해서 살고 있고, 오까다는 지금 토오꾜오에서 학생들이 지내는 작은 아파트에 혼자 살고 있다.

—정말 고양이였을까요?

—음, 고양이가 아닐지도 모르지. 잘 모르겠소. 짙은 안개처럼 흐릿한 것이 눈앞에 나타났다가 사라졌거든요. 당신이라면 어떻게 하겠소? 만약에 정말로 고양이를 치었다면.

—예, 먼저 사체가 있는지부터 확인해야지요. 사체가 없는데 치었다고는 할 수 없으니까요. 사체를 발견하면 일단 도로가로 치웁니다. 그러지 않으면 나중에 오는 차에 계속해서 치일 테니까요. 서둘러 가는 길이라면 그걸로 끝낼 겁니다.

—만약 서둘러 가는 길이 아니라면 어떻소? 내 경우는 늘 그래왔는데.

—맞습니다. 여긴 서둘러서 올 필요가 없지요. 그런데 사실 대부분의 인간들은 늘 서두르죠. 하지만 그건 핑계일 뿐입니다. 세상에는 그렇게 서둘러서 갈 곳이 어디에도 없으니까요.

―그건 그렇지.

―하여튼 고양이를 치었고, 여기 고양이 사체가 있습니다. 어떻게든 하지 않으면 그건 사라지지 않지요.

―그럼 어떻게?

―묻을 수밖에 없죠.

―구체적으로는?

―글쎄요, 먼저 편의점을 찾습니다.

―편의점에서 뭘 사는데요?

―우선 종이상자를 얻습니다. 그런 가게에는 얼마든지 있으니까요. 그리고 장갑과 비닐봉지를 삽니다. 비닐봉지는 토오꾜오에서 권장하는 반투명 재질이 좋겠죠. 까만색에 속이 비치지 않는 것 말입니다. 정말로 사체를 넣을 만하게 생겨서 좀 섬뜩하죠.

―왜 비닐봉지를?

―사체가 어떤 상태인지에 따라 다르지만, 만일 내장이 쏟아져나왔거나 피를 흘리고 있다면 꼭 필요하지 않겠어요? 비닐봉지에 담아서 상자에 넣어야 하니까요.

―그렇지만 그건 쓰레기봉투 아뇨. 쓰레기봉투는 너무하지 않소? 모르는 고양이는 사체도 쓰레기란 말인가.

―아뇨, 그걸 쓰레기봉투로 쓰는 건 아니지요.

—흠, 어쨌든 좋소. 그래서?

—그리고 버리러 갑니다. 아니, 묻으러 갑니다.

—어디로?

—어디든 상관없습니다. 벌판이라든가, 고양이의 영혼이 잠들 수 있는 곳이라면.

—공원 같은 곳은 안될까요?

—잘 정비되고 밝은 곳은 좀 맞지 않을 것 같군요. 사람들이 많은 곳에서 고양이 사체를 묻다가는 꽤 시끄러워질 테니까요.

—나쁜 짓을 한 것 같군요. 죽인 것도 아닌데.

—하지만 그렇게 보이지요.

—어떻게 하면 좋겠소?

—책임이 없다고는 할 수 없지요. 오까다 씨가 원인을 만들었으니까요.

—날 비난하는 거요? 아직 죽였다는 확증도 없잖소. 어디까지나 당신 같으면 그럴 때 어떻게 할지 묻는 것뿐이니까.

—벌판 같은 곳을 찾아야죠. 나무가 무성하고, 이렇게 수풀도 있는 곳 말이죠. 옛날에는 금붕어가 죽으면 나무 밑에 묻었잖아요. 나뭇가지로 십자가를 만들어서 절도

하고.

　―아, 그랬었지. 그런데 누구나 다 그렇게 할까요?

　―문화에 따라 다를지도 모릅니다. 내가 아는 필리핀 사람은 변기에 흘려보냈다더군요.

　―고양이를?

　―금붕어 말입니다. 한 마리는 외로울 것 같아서, 살아 있는 한 마리와 같이 흘려보냈다고 했어요. 디즈니 영화에도 그런 장면이 있습니다.

　―당신은 안 본 게 없구먼.

　―제 직업이니까요. 니모라는 이름의 열대어에 대한 영화예요. 정식 명칭은 크라운피시라고 합니다. 열대어 가게에 가면 팔아요.

　―자세하게도 아는군.

　―영화에서는 주인인 치과의사가 열대어가 죽었다고 생각해서 변기에 흘려보냅니다. 놀랐죠. 일본에서는 갓난아기를 공중화장실에서 낳아 변기에 흘려보냈다는 여자가 있었습니다만……

　그때, 삐 하는 전자음이 울렸다. 두 사람은 동시에 부엌 쪽을 보았다. 주전자에서 김이 세게 뿜어져나오고 있다. 불도 켜지 않은 어둠속에서 무료하게 서 있는 스즈꼬의 등이 보인다. 두 사람의 이야기가 들릴 텐데도 아무 말도 하지 않고 돌아보지도 않는다. 다른 생각을 하는 걸까. 오까다는 어찌해야 할지 몰라 한숨을 쉬었다.

—후우…… 고양이 한 마리 묻기가 이렇게 어려워서야.

—보지도 못하고 알지도 못하는 고양이를 자기 집 나무 밑에 묻을 수는 없는 노릇이죠.

—상관없지 않겠소? 차에 치인 것도 인연이니까 말이지.

—오까다 씨가 좋다면 묻어도 괜찮죠. 하지만 정원이라고 해도……

—정원이 없으니.

—물가 땅은 어떨까요.

—그런 덴 더 없지. 혹시 있다고 해도 돌멩이만 굴러다니니까.

—흙도 있어요. 돌도 있으면 좋지요. 비석을 세울 수 있으니까.

—큰 삽과 작은 삽도 필요하겠군요.

—그렇군요, 잊고 있었어요.

—그리고 십자가도.

—오까다 씨가 원한다면 그것도 준비하죠.

—난 정토진종(淨土眞宗, 일본 불교 종파의 하나—옮긴이)

인데.

　―죽은 건 고양이입니다.

　―그러면 무종파로 비석만 세우는 게 좋겠구먼.

　―어쨌든 위로 드러나는 건 좋지 않아요. 땅 밑에 묻어줘야죠.

　―태우지 않고 그대로 묻어도 괜찮을까요. 여긴 일본이니까.

　―장례업자에게 맡기면 아마 태워서 유골로 만들어줄겁니다. 돈도 들지요. 그렇지만 이름도 없이 그저 스쳐지나간 고양이일 뿐입니다.

　―이름 같은 건 그 자리에서 붙이면 되지 않겠소.

　―그렇게까지 해줄 겁니까?

　―음……

　두 사람 모두 얼굴에 땀이 나 있다. 보이지 않는 고양이의 있지도 않은 사체를 아직까지도 묻지 못하고 있다.

　그때 스즈꼬가 부엌에서 차를 가져왔다.

　―오까다 씨, 별일 없었어요?

　버튼다운칼라의 노란색 면 셔츠에 청색 여름 니트가 오까다에게 잘 어울린다. 언뜻 보면 직업이 없는데도 고급스러운 옷을 입고 있는 것 같지만, 실은 새옷이 아니라 옛날부터 있던 옷을 잘 아껴 입는 것이다. 멋져 보여서 스즈꼬는 칭찬을 하지 않고는 배기지 못한다. 짧게 자른 오까다의 머리에 흰머리가 많이 눈에 띈다. 검은테 안경 너머로 멸치처럼 작은 눈이 스즈꼬를 바라보고 있다.

―살이 좀 빠졌네요.

물어봐야 할 말을 지나치면 안될 것 같아서 스즈꼬는 묻는다.

―아, 말랐지? 십오 킬로그램이나 빠졌어요. 실은 대장암이야. 하지만 낫는다니까.

이와모또도 스즈꼬도 할 말을 잃었다. 낫는다니까,라며 남의 말을 전하는 듯한 말투가 스즈꼬의 마음속에 어색함이 섞인 슬픔으로 번져갔다.

―암이라고 언제 알았어요?

―회사 그만둘 때, 검진에서.

―회사를 그만둘 때도 검진을 해줍니까?

―회사가 전액 부담하는 검진인데 재직중에는 한번도 못 받았어요. 그래서 마지막이라고 생각하고 한번 해봤지.

―그렇다면 벌써 재작년이잖아요. 전혀 몰랐네. 치료는 잘 받고 있어요?

―응, 받는 중이에요. 경과도 양호하고. 이렇게 잘 살

고 있는걸.

　—이런 데까지 돌아다녀도 되는 거예요?

　—괜찮아요, 바닷바람은 몸에 좋다니까.

고양이 이야기는 허공에 뜨고 말았다.

　오까다가 오면 세 사람은 습관처럼 바닷가에 나간다. 걱정하는 두 사람을 오까다가 뿌리치듯 나서고, 두 사람은 그 성미를 못 이겨 뒤따르는 식이 되어 셋은 오늘도 저녁식사 때까지 해변을 산책했다. 파도를 피하면서 물가를 걷는 오까다를 보고 있자니 이와모또는 그것이 무슨 회상 장면처럼 느껴졌다.

　전날 강한 바람이 분 탓에 해변에는 표류물이 가득했다. 파도에 밀려올라온 것들은 주로 해초 종류가 많다. 이곳 아이들은 그중에서 어떤 건 먹을 수 있고 어떤 건 먹을 수 없는지 잘 알고 있어서 가끔 이와모또 일행이 산책할 때면 묻지도 않았는데 먼저 가르쳐주곤 한다. 그래서 스즈꼬와 이와모또도 점차 해초를 구별할 수 있게 되었다.

　밀물일 때 차 있던 바닷물이 썰물로 빠져나간 지금, 돌밭 여기저기에는 얕은 물웅덩이가 만들어져 있다. 그곳에 바닷게와 소라게를 잡으러 온 아이들이 모여 떠들고 있었다.

—너희들 뭘 잡고 있니?

오까다가 다가가서 묻는다.

—뱀이에요. 뱀이 있어요.

아이들은 바다뱀! 바다뱀! 하고 일제히 소리를 높였다.

—정말로 바다뱀이 있나?

오까다가 스즈꼬와 이와모또를 돌아본다.

—설마. 그런 건 본 적이 없어요. 해초 줄기가 굵고 미끈거리잖아요, 꼭 뱀처럼. 아이들이 그걸 가지고 바다뱀이라고 떠드는 거예요. 아이들은 그런 걸 좋아하잖아요. 바다뱀이 있으면 좋겠다고 생각하는 거예요. 해초 줄기보다는 뱀이 더 재미있으니까.

—정말로 있을지도 모르지.

이와모또는 그렇게 말하고 주변을 기웃거린다. 하지만 아이들 주변에는 검은 해초가 늘어져 있을 뿐이다.

—뱀이에요, 뱀.

아이들은 아직도 진지한 눈빛을 하고 포기하지 않고 있다. 아이들의 눈동자에 햇빛이 눈부시게 반사한다. 바다 쪽에서 파도가 밀려온다. 스즈꼬도 뭔가 특별한 것을 보고 싶은 마음이 부풀어오른다. 바닷가에 나오면 항상 자신의 시선은, 이를테면 시체 같은 것을 찾게 된다.

바위 위에 서자 바다 밑바닥이 보였다. 썰물로 얕아진 바다 밑에는 언젠가 아이들이 가르쳐준 하얀 부챗말 몇포기가 흔들리고 있었다. 부채 모양의 해초이다. 스즈꼬의 눈에는 순간, 소리내어 웃는 죽은 자의 얼굴이 보였다. 이 해초는 식용이 아니라고 한다. 그때 아이는 이렇게 말했다. 이거 독이에요. 먹으면 죽어요.

죽는다는 것은 과장일 것이다. 하지만 아이가 몹시도 날카로운 눈빛으로 스즈꼬를 바라보았기 때문에, 정말로 먹으면 죽을 것 같았다.

—안돼요, 이거 먹으면……

그걸 기억해내고 오까다에게 말한다.

—독이래요.

—물론 먹을 리가 없잖아요. 아무리 얕아도 바다 밑인 걸. 굳이 애써서 채취할 것까진 없지.

그렇게 말하면서 오까다는 물끄러미 해초를 들여다보고 있다. 먹고 싶어하는 표정이다. 그렇게 스즈꼬는 생각한다. 같이 먹을까? 하는 말을 삼킨다.

이와모또는 밀려올라온 해초더미 속에서 큰 이파리 모양의 해초를 한 장 주워서 미끈거리는 줄기를 징그러워하지도 않고 맨손으로 꽉 잡고 있다. 그는 바퀴벌레도 맨손으로 죽이는 남자다.

　—이건 먹을 수 있어요. 아마 감태일 겁니다.

　—맞아요, 감태네. 오늘 저녁에 그걸로 샐러드를 해야겠어요. 먹을 게 또 어디 없을까?

　스즈꼬가 물고기처럼 눈을 부라리며 해변 한쪽을 노려보듯 훑는 것을 보고 오까다는 좀 섬뜩했다. 예전의 스즈꼬를 생각해내려 하지만 잘 떠오르지 않는다. 하지만 겉으로 보기에는 삼십년 동안 별로 변하지 않은 것 같다.

　이와모또와 결혼하기 훨씬 전의 스즈꼬를 오까다는 잘 알고 있다. 스즈꼬는 영어 스펠링 체크를 하는 아르바이트 교정 직원이었고, 오까다는 같은 회사에서 일하는 편집기자였다. 그후 스즈꼬는 회사를 그만두었고, 회사에 남아 이십년을 넘게 계속 근무한 오까다는 재작년에 불합리한 정리해고를 당했다. 그후로는 쭉 부유하듯 살고 있다. 스즈꼬와는 묘하게 마음이 잘 맞아서 동료였을 적에는 식사도 같이 하고 술도 마시러 다녔지만, 설마 그 만남이 이렇게까지 이어질지는 몰랐다. 굉장한 인연이라고 오까다는 생각한다.

　전에 오까다가 하와이에 갔을 때였다. 그때는 아직 오

까다 곁에 부인과 다섯살 난 아들이 있던 무렵이었다. 우연히 점을 친 여자 점술사에게서 '당신에게는 쏘울 메이트가 있다. 그 사람은 부인이 아니고 다른 여자이다. 당신의 누나 같은 사람이다'라는 말을 들었다. 스즈꼬가 그 사람인지도 모른다. 확실히 스즈꼬는 나이는 아래지만 보이지 않는 위엄이 있다. 그건 지금도 마찬가지다.

두 사람 사이에 예전에 미묘한 일이 없었던 것도 아니다. 동료였을 때 늦게까지 야근을 하고 이슥한 밤에 함께 퇴근하던 길이었는데, 오까다가 스즈꼬를 끌어안고 조금은 강제로 키스를 했다. 그때 딱 한 번뿐이었지만.

그때 오까다가 내려다본 스즈꼬의 얼굴에는 주근깨가 빼곡하게 박혀 있었다. 입을 맞추자 스즈꼬의 혀가 부드러운 판자처럼 오까다의 입안으로 들어왔다. 그 혀는 이끼라도 자라 있는 것처럼 두툼했고, 스즈꼬는 그것을 오까다의 입속에 몇번이고 넣었다 뺐다 했다. 혀를 빼는 걸 모르는 것 같았다. 마치 어떤 의식 같았다. 자신은 인간이고 남자라기보다는 어떤 하나의 구멍이고, 스즈꼬는 그 구멍을 들락대는 미끈거리는 날것이었다.

스즈꼬의 혀의 움직임은 유치하고 우스꽝스럽고, 여왕이 하는 것처럼 어딘가 서투르고 엄숙했다. 오까다는 웃음이 터지려는 것을 참았다. 그러는 동안 점점 더 웃음이 나왔고, 그것이 스즈꼬에게 옮아가 결국 두 사람은 입술을 포갠 채로 쿡쿡쿡 하고 경련을 일으킨 것처럼 웃었다.

그후로 두 사람 사이에 성적인 진전은 전혀 없었다. 스즈꼬는 그 일이 있은 뒤에도 오까다를 만나면 아무 일도 없었던 듯이 행동했다. 잊지는 않았을 텐데, 완전히 끝났다고 생각하는지 어떤지, 스즈꼬의 눈빛에서 뭔가를 찾으려고 했지만 항상 무덤덤한 표정이어서 알 수가 없었다.

파도소리를 들으면 오까다는 자신이 물에 떠내려가 아득히 먼 땅에 닿은 나무인 것 같은 기분이 든다. 하지만 그런 불안함만이 자신과 이 세상을 잇는 유일한 생명줄 같아서, 그것을 찾아 일부러 이곳에 온다는 느낌이 들었다. 일단은 스즈꼬를 만나러 오는 것이지만, 요즘에는 스즈꼬 너머로 출렁이는 바다를 보고 있었다.

어쨌든 이곳을 그리워하고, 이곳에 오면 돌아가고 싶지 않아서 항상 늦게까지 술을 마시곤 한다. 나중에는 후회하게 되지만 그때는 몸이 제대로 말을 듣지 않는다.

이곳에 와도 좋으냐고 묻는 쪽은 항상 오까다였고, 스즈꼬 부부는 오까다에게 오라고 청한 적이 없다.

최근에는 직접 말하기가 쑥스러워서 메일로 물었다.

가도 될까?

스즈꼬의 답은 항상 간단하다.

괜찮아요. 와요. (추신: 아무것도 사오지 마요. 다 있으니까.)

—자, 이제 슬슬 돌아갈까요? 감태를 살짝 데쳐서 쎌러드를 만들어줄게요. 지금쯤 와인도 시원해졌을 거예요.

스즈꼬의 말에 세 사람은 왔던 길을 되돌아 해변을 가로질러서 바닷가 집으로 돌아갔다.

해가 저물 무렵 타마요가 도착했다. 그녀는 스피드광이다. 크림색 씨트로엥이 오까다의 비틀 옆에 멈춰선다.

오까다는 타마요가 온다는 말을 듣고부터 안절부절못하고 있었는데, 정말로 그녀가 도착해서 실물을 보아도 실감이 나지 않았다. 눈코입의 생김새보다도 그녀의 강한 분위기에 끌렸다. 화면을 볼 때처럼 노골적으로 타마요를 '감상'하고 있는 자신을 깨닫고 예의가 아니라고 생각했지만, 무의식중에 다시 타마요를 뚫어지게 바라보았다. 작은 체격이지만 균형 잡힌 몸매다. 오까다는 붙잡고 있지 않으면 금방 도망쳐버리는 성질 나쁜 토끼를 떠올렸다.

타마요가 출연한 영화를 몇편 보았다. 연기를 잘했고, 경박하고 드센 여자 역할이 잘 어울렸다. 실제 모습은 영화에서 맡은 역할과는 많이 다르다는 이야기를 이와모또에게 전해들은 것도 더욱 흥미를 돋우었다.

이와모또는 그녀를 타마짱이라고 부른다. 둘은 칠년 동안이나 같이 일해온 동료이다. 오까다도 타마짱이라고 부르고 싶었지만, 그 마음을 억누르고 어떻게 부를까 생각했다. 역시 타마요 '씨'라고 불러야겠지.

이쪽은 오까다 씨, 아내의 친구예요. 처음 뵙겠습니다. 처음 뵙겠습니다. 오까다는 무의식중에 악수를 청하듯 타마요에게 두 손을 내밀었다.

타마요가 이 집에 온 것은 이번이 네번째다. 전에는 겨울에 와서 겨울바다를 보았다.

—스즈꼬 씨 오랜만이에요. 별건 아니지만, 자, 받아요.

—어머, 굉장한 꽃다발이네.

빨간 카네이션만 서른이나 마흔 송이쯤 되는 꽃다발이었다.

—꽃집에 있는 걸 몽땅 가져왔어요.

—어머니날이었으면 큰일날 뻔했네. 곧 어머니날이지

않나?

　—아냐, 벌써 지났어요.

　—아 그렇구나, 다행이네. 정말 예뻐요.

　—어머니가 돌아가시고 나서 점점 이 꽃이 좋아졌어요. 난 꽃다발에 여러 가지 섞는 게 싫더라. 한 종류만 많이 있는 게 좋아.

　—역시 타마요 씨다운 취향이네요. 한 가지만 묶은 꽃다발은 박력있어 보이지만 왠지 그 기세에 눌리는 것 같아요. 하지만 너무 기뻐요. 고마워요…… 이제 막 시작하려던 참이에요. 잠깐 쉬고 있어요.

　스즈꼬는 타마요가 무척 좋다. 오십이 넘었는데도 타마요는 아름답다. 얼굴 골격의 굴곡이 또렷해서 화장을 하지 않을 때일수록 그것이 더 도드라져 보였다. 뼈만 남은 해골이 되어도 아름다울 것 같았다. 타마요가 스즈꼬 씨, 하고 부르기만 해도 스즈꼬의 마음은 환하게 불이 켜졌다.

　스즈꼬는 누구를 만나도 금방 스스럼없이 대하는 여자였다. 타마요에게도 마찬가지여서, 이와모또가 타마요와 더 오래 알고 지냈는데도 지금은 곁에서 보면 스즈꼬가 훨씬 친해 보인다.

　스즈꼬는 아무에게도 말하지 않았지만 버릇 같은 병 하

34

나가 있다. 몹시 피곤해지면 주위를 지나는 사람들이 모두 얇은 종이로 만든 인간 모형처럼 보이는 것이다. 종이 인간들은 모두 평면적이고, 헤엄치듯 음산하게 살랑거린다. 그럴 때면 무서워서 견딜 수가 없다. 공황상태에 빠져 집으로 돌아온다. 집에 돌아오기만 하면 바로 진정된다. 토오꾜오에 있을 때면 종종 그랬다. 하지만 바닷가 집에 오면 그 증세가 사라진다.

타마요는 토오꾜오에서 스즈꼬가 그런 공황상태에 빠졌을 때 우연히 곁에 있다가 스즈꼬를 감싸주었다. 스즈꼬에게는 그녀만이 유일하게 종이가 아닌 육체를 지닌 인간으로 보였다. 왜 타마요만 종이 인간이 되지 않는지 스즈꼬는 아무리 생각해도 이상했다. 지금도 스즈꼬는 타마요가 곁에 있기만 해도 마음이 편안해진다. 할 수만 있다면 내내 곁에 있으면 좋겠다고 생각한다.

오늘 타마요는 검은 슬랙스에 검은 민소매 여름 니트를 입고 있다. 더위를 타는 타마요는 사시사철 여름 같은 차림이다. 겨울에도 땀이 난다고 한다. 어쩌면 갱년기 증상일지도 모른다. 하지만 오늘도 타마요는 아름답다. 그리고 놀랄 만큼 수수하다.

난 언제나, 어디서나, 어떤 역할이라도 바로 변신해서

보여드릴 수 있어요―타마요의 몸에서는 그런 메씨지가 들려온다. 타마요는 언제 봐도 색깔이 느껴지지 않는다. 무엇으로든 변신할 수 있을 것 같다. 그런 의미에서 진정한 연기자였다.

그런 타마요 곁에서 아직도 오까다는 꿈을 꾸는 것 같다. 영화라면 눈을 떼지 않고 실컷 이 여자의 얼굴을 볼 수 있겠지만, 지금 이 자리에서는 그럴 수가 없다. 바라볼 수 없다는 것이 이상하다. 계속 보고 싶은 얼굴인데도 눈길이 가면 바로 딴 데로 돌리고, 또 눈길이 가면 딴 데로 돌리고 만다. 그러는 사이 오까다는 자신이 타마요의 얼굴 속을 들락날락하는 벌레처럼 느껴졌다.

―자, 어서 앉아요. 먼저 이걸로 건배해요. 감태로 만든 해초 쌜러드예요. 낮에 해변에 산책 나갔다가 주워왔어요.

―어머, 좋아요. 신선하겠네.

차가운 화이트와인이 글라스에 따라졌다. 모두 조용히 감태를 먹었다. 후루룩 후루룩. 감태가 네 사람의 입속에 빨려들어가며 말없이 씹힌다.

정원 쪽에서 툭 하는 소리가 들렸다.

―무슨 소리지?

타마요가 말했다.

─여름귤인가.

이와모또가 돌아보지도 않고 말했다.

─누가 정원에 들어왔나 했어요.

열린 큰 창문을 통해 폭이 넓은 바람이 휘익 하고 불어 왔다. 먼 바다를 건너 이곳에 닿은 바람일까. 희미하게 바닷물의 습기가 배어 있다. 모두 일제히 정원 쪽을 보았다. 큰 여름귤나무가 서 있다. 원숭이 머리만한 열매가 오륙 십여개, 셀 수 없을 만큼 빼곡히 달려 있다. 전 주인이 심어놓은 모양이다.

신 것을 좋아하는 이와모또가 어느날 따서 먹어보았더니, 도시의 슈퍼에서 값싸게 파는 수분이 적고 빈약한 것과는 달리 과즙이 뚝뚝 떨어지는 탐스러운 열매였다. 다만 시었다. 정말 시었다. 껍질을 벗겨 열매를 입에 넣는 순간 이와모또도 스즈꼬도 비명을 질렀다. 볼 양쪽의 림프샘이 조여오고, 순간적으로 몸에 경련이 일었다.

스즈꼬는 그때 질린 후로는 절대로 먹지 않는다. 그러나 이와모또는 미친 듯이 먹는다. 여기에 오면 하루에 서너 개씩 먹는다. 그것만 먹어도 금방 배가 불렀다.

물이나 비료도 주지 않고 내버려두는데도 여름귤나무

는 해마다 놀랄 만큼 열매를 잘 맺었다. 땅 밑에 뭔가 특별한 게 묻혀 있는 건 아닐까? 설마 시체라도. 그런 얘기를 주고받은 적이 있을 정도로 이상하게 열매가 많이 열렸다. 주렁주렁 달린 열매 때문에 가지가 늙은 유방처럼 축 늘어졌다.

먹어도 먹어도 잔뜩 남아서 잼을 만들거나 목욕물에 넣기도 한다. 너무 시어서 남에게 주지는 못한다. 계절이 끝나갈 무렵이면 가지에 남아 있던 열매가 가끔씩 소리를 내면서 떨어진다.

—먹을 수 있어요?

타마요가 물었다.

—그럼, 물론이죠. 우리집에서는 저이밖에는 먹지 않지만요.

—먹어볼래요?

이와모또가 물었다.

—응, 먹어보고 싶어요.

—각오해야 할걸요. 굉장히 시거든.

스즈꼬가 겁을 주자 타마요는 더 호기심이 일었다.

이와모또가 바구니 속에서 한 알을 꺼내 타마요 쪽으로 던지는 시늉을 했다.

―잘 받아요.

진지한 표정을 지었지만, 의외로 열매가 무거워서 야구공을 던지는 것처럼은 되지 않았다.

―네.

여름귤이 완만한 포물선을 그리면서 타마요의 손바닥에 탁 하고 떨어진다.

―나이스 캐치!

모두들 잠시 타마요를 바라보았다. 모처럼 그녀를 맘껏 바라볼 수 있는 기회가 주어졌다는 듯이.

이와모또가 부엌에서 칼끝이 날카로운 과도를 가져왔다.

―자, 이리 줘요. 깎아줄게요. 이 녀석은 꽤 까다로워서 칼을 대지 않으면 먹을 수가 없거든.

이와모또는 여름귤 아래쪽 가운데에서 바깥을 향해 방사선 모양으로 칼집을 냈다.

그것을 보고 있던 오까다도 문득 먹고 싶어졌다.

―나도 하나 줘봐요.

지금까지 한번도 먹어본 적이 없는 오까다가 그런 말을 하자 이와모또는 놀란다. 그리고 우스웠다. 타마요 때문이다. 이와모또는 두 개의 여름귤에 칼집을 냈다.

―시어요. 정말 시어요.

놀리는 듯한 말투로 두 사람에게 말했다.

한입 베어문 타마요는 못 참겠다는 듯이 눈을 가늘게 뜬다.

—우와, 굉장해. 채찍으로 맞는 것 같아요.

—그런대로 먹을 만한데.

오까다가 말한다.

타마요와 오까다는 등을 구부린 채 귤껍질을 이로 물어뜯으며 노랗게 빛나는 열매를 탐닉하고 있다. 이와모또와 스즈꼬는 보는 것만으로도 림프샘이 조이는 것을 느끼면서 두 사람의 먹는 모습을 가만히 바라보았다.

타마요가 과즙으로 끈적이는 자신의 손가락을 핥고 있다. 그 모습이 고양이 같다고 생각하면서 스즈꼬는 그녀의 손가락을 바라본다. 오늘도 손톱이 심하게 상해 있다. 여배우이면서도 타마요는 손톱 물어뜯는 버릇을 고치지 못한다. 스트레스가 쌓이면 손톱뿐만 아니라 손톱 주변의 살까지도 물어뜯는다고 한다. 그녀의 손톱은 항상 짧고 어린아이의 손처럼 볼품이 없다. 손톱 주변은 무수한 상처가 나 있거나 갈라져 있다. 결코 고운 손이라고는 할 수 없다. 촬영이 있을 때면 네일쌀롱에서 깨끗이 다듬기는 하지만, 이와모또도 그걸 잘 알고 있어서 그녀의 손 근처는 카메라에 잘 잡히지 않게 하고 있다. 여름귤을 먹는 타마요의 모습이 한순간 스즈꼬의 눈에는 순간 타마요 자신을 먹고 있는 것처럼 보인다.

바람이 불기 시작한다. 나뭇가지와 나뭇잎이 수런대는 소리가 스즈꼬의 귀에는 사람들이 웅성대는 소리처럼 들린다.

──바람이 부네.

타마요가 말했다.

──올봄은 이상기온이에요. 따뜻했다가 추웠다가. 오늘밤은 폭풍우가 몰아친다던데.

──괜찮을까요?

타마요는 불안한 듯 말했다.

──자고 가지그래요? 오늘처럼 폭풍우가 지나가는 다음날에는 정원에 어김없이 여름귤이 우수수 떨어져 있어요. 기분 나쁠 정도로.

스즈꼬가 말하는 그 정원을, 타마요는 꼭 보고 싶다.

──고마워요. 저 바람소리를 들으니 이제 가고 싶지 않아졌어요.

결국 그날밤 오까다와 타마요는 자고 가기로 했다.

밤이 깊어지자 바람은 더욱 거세졌다. 스즈꼬는 황급히 덧문을 닫았다. 잘 사용하지 않는 덧문이다. 먼지투성이였다.

덧문을 닫아버리자 가끔씩 바람소리가 들릴 뿐 집 안은 밀폐된 공간이 되었다. 때때로 덜컹덜컹 덧문 흔들리는 소리가 났다.

—어머, 바람에 흔들리는 집에 있어보기는 참 오랜만이네.

타마요가 말했다.

—그러네요. 요즘 집은 바람에 흔들리지 않죠. 최신 자재와 새시를 쓰니까.

—옛날엔 어느 집이나 조금씩은 다 흔들렸어요. 계단을 올라갈 때도 그렇고, 어쨌든 어딘가 한 곳은 꼭 삐걱거렸잖아요.

—그래, 맞아. 꼭 그랬지.

어느새 두 사람의 뒤에 서 있던 오까다가 맞장구를 쳤다.

—쿵쿵쿵 무슨 소리지? 하고 말을 맞추는 아이들 놀이가 있었죠?

타마요가 어린 여자아이 같은 표정으로 말한다.

─무슨 소리지?

스즈꼬가 묻는다.

─바람소리.

타마요가 대답한다.

─무슨 소리지?

이번에는 오까다가 묻는다.

─귀신 울음소리!

마지막엔 이와모또까지 합세해 네 사람 모두 목소리를 맞춘다.

각자 마음속에서 아이들이 한 명씩, 와! 하고 소리치면서 도망간다. 그것이 네 사람의 눈에는 선명하게 보인다. 그리고 지금 여기에 남아 있는, 세상에 물든 네 사람의 몸을 생각한다.

─목욕물 받아놓을 테니까, 천천히 차례대로 들어가세요.

반장처럼 이와모또가 말한다.

오까다는 조금 피곤해 보인다.

─탕에 들어가면 피곤이 풀릴 겁니다. 샤워만 하면 안 돼요. 자, 그럼 오까다 씨부터, 천천히 쉬세요.

─고마워요. 아, 저 여름귤, 저번처럼 목욕물에 넣으면

어때요? 타마요 씨도 좋아할 것 같은데.

오까다가 전에 이 집에 묵었을 때 여름귤 목욕을 하고 무척 감격한 적이 있다. 자신이 여름귤 목욕을 하고 싶어서 타마요 핑계를 댄다.

—아, 그렇게 하죠. 넣을게요. 스무 개든 서른 개든 얼마든지.

그리고 네 사람은 교대로 여름귤 탕에 들어갔다. 정말로 이삼십개의 여름귤을 가득 넣어서 목욕물은 수면이 보이지 않을 정도였다.

맨 먼저 오까다, 그뒤를 이어 타마요, 스즈꼬, 그리고 마지막으로 이와모또 순이었다.

모두 여름귤을 저으면서 탕에 들어갔다.

마지막으로 이와모또가 들어갈 무렵에는 퉁퉁 불어서 욕조 바닥에 가라앉은 열매도 있었다.

—이 칠레산 화이트와인 꽤 괜찮아요. 값도 싸고.

스즈꼬가 그렇게 말하면서 병을 기울였고, 이와모또가 와인잔 네 개를 가져왔다. 거실에는 목욕탕에 들어갈 사람과 목욕탕에서 나온 사람들이 그때마다 조금씩 멤버가 바뀌어가며 모여 있었다. 그리고 목욕탕에 들어가 있는 한 사람만이 그 자리에 빠져 있었다.

목욕을 마친 타마요는 스즈꼬가 늘 입고 자는, 세탁한 지 얼마 안된 잠옷으로 갈아입었다. 그 모습을 보고 이와모또는 타마요를 스즈꼬라고 착각할 정도였다. 두 사람의 싸이즈는 거의 같았다. 오까다는 이와모또의 잠옷을 입고 있었지만, 헐렁헐렁해서 아무리 봐도 장기입원환자처럼 보인다. 장롱 안쪽에 넣어둔 낡은 잠옷을 꺼내입게 된 스즈꼬와 이와모또는 타마요에게 남매 같다는 놀림을 받았다. 그 순간만은 확실히 서로 연결된 관계라고 느껴졌고, 부부라는 사실이 아주 오랜만에 부끄럽다는 생각이 들었다.

잠옷이라는 의상은 의외로 새롭다. 자러 가기 위한 것, 그것은 또하나의 여행을 떠나기 위한 의상인 것이다. 스즈꼬의 가슴에 그때 문득 '수의(壽衣)'라는 단어가 떠올랐다.

타마요의 맨발에 오까다의 시선이 머문다. 참 예쁜 발이라고 생각한다. 타마요는 어렸을 적에는 발톱까지 물어뜯었지만 지금은 그 정도까지는 아니다. 물어뜯고 싶은 욕망만이 있다. 작은 발톱에는 상아색 페디큐어가 정성스레 칠해져 있다.

반면 스즈꼬의 발뒤꿈치는 심하게 갈라지고 굳은살이 박여 있다. 하지만 오까다는 마치 숭고한 것을 바라보듯이 그것을 하염없이 바라보고 있다. 스즈꼬가 눈치채고 발을 빼기 전까지.

마지막으로 목욕을 마친 이와모또가 그 앞로에 화장수를 들고 거실로 왔다.

잠깐 실례, 하고는 얼굴에 찰싹찰싹 두들겨서 그것을 바르기 시작한다. 모두들 신기하다는 듯 바라본다.

—이렇게 바르면 기분이 좋아요. 피부도 좋아지고요. 요즘은 이런 걸 바르고 있답니다. 다들 발라보세요.

—어머 이와모또 씨, 어쩐지 요즘 얼굴에서 독기가 사라졌다 했더니. 그 녹색 화장수 덕분이었구나.

—그보다는 손바닥 효과라고 하고 싶을 거예요. 손바닥으로 이렇게 화장수를 스며들게 해서, 가만히 눈을 감는 거예요. 추남인 저이가 하면 왠지 어색하고 징그럽잖아요? 하지만 박력있어 보여요.

—후후후, 재미있네. 그런데 이해할 것 같아요. 손바닥으로 얼굴을 감싸면 아주 행복한 감촉이 느껴지잖아요.

예전에 우리 아들이 세살쯤 됐을 때, 곁에서 자주면 엄마, 엄마 하면서 내 볼을 제 손으로 감싸고는 놓지 않는 거예요. 그런데 그때 참 따스하고 기분이 좋았어.

타마요는 자신의 손을 뺨에 대고 당시를 회상하듯이 눈을 감고 말했다. 오래전에 그녀는 어린 아들을 데리고 이혼했다. 지금은 아들도 독립해서 타마요는 혼자서 살고 있다.

왜 사람은 뺨에 손바닥을 댈 때면 눈을 감는 걸까. 그런 생각을 하면서 스즈꼬도 손바닥으로 자신의 뺨을 감싸본다. 역시 눈을 감으면서. 그리고 자신의 손의 감촉에서 타마요가 말한 세살배기 아이의 보드라운 살을 상상한다. 그러는 사이, 그 느낌을 알지 못하는 자신이 서글퍼졌다. 슬퍼지려고 하자 눈을 크게 떴다.

오까다가 이와모또를 향해 말했다.

—저기, 그거 좀 빌려줘요.

알로에 화장수가 든 녹색 병이 이와모또의 손에서 오까다에게로 건네진다. 오까다는 자신의 얼굴에 화장수를 찰싹찰싹 바르고는 이와모또가 한 대로 손바닥으로 가만히 자신의 볼을 감싼다.

—아, 확실히 효과가 있네요. 피부에 스며들어. 기분

좋은걸.

오까다는 눈을 감고 가만히 있는다. 야윈 볼에 야윈 손등이 덮여 있다.

—나도 빌려줘요.

이번에는 타마요가 오까다 앞에 놓인 알로에 화장수를 손에 집어 자신의 얼굴에 발랐다.

—나도 발라볼까. 항상 남편이 바르는 걸 보면서 놀리기만 했거든요.

스즈꼬도 합세해서 네 사람은 각자 알로에 화장수를 얼굴에 바르고, 손바닥으로 뺨을 감싸고, 가만히 눈을 감았다. 그 모습이 흡사 종교 신도들의 이상한 모임 같았다.

시계가 두시를 가리켰을 때는 모두 눈이 풀리기 시작했다. 거실 테이블 밑은 아몬드가 쏟아져 바닥에 흩어져 있었다. 누군가 취해서 어질러놓은 것일까. 그것을 본 스즈꼬가 몇알을 주워 입에 넣었다. 타마요도 스즈꼬를 따라 주워먹었다. 이와모또와 오까다도 주워서 입에 넣었다. 모두 개처럼 테이블 밑을 기면서 주워먹었다. 다 먹어치울 때까지 아무도 멈추지 않았다. 거실 바닥은 모래 같은 것들로 꺼끌꺼끌했다.

드디어 스즈꼬는 타마요와 함께 침실로 가서 자신의 침대는 타마요에게 빌려주고 자신은 이와모또의 침대에서 잤다.

　여자 둘만 있게 되자, 스즈꼬가 말했다.

　—저 사람, 최근에 무척 다정해졌어요.

　—맞아요. 이와모또 씨 정말로 다정해졌어요.

　—늙어서 그런 것만은 아니에요.

　—그럴지도 모르죠.

　—전에는 누굴 죽이겠다는 말도 서슴지 않고 했을 정도였거든요.

　—직장에서도 그랬어요. 실제로 당하기도 했고. 무서웠어요.

　—저 사람도 오래 살지 못할 거예요. 그런데 난, 독기를 혼자서 다 빨아들인 것 같은 저이의 못생긴 얼굴이 너무 좋았어요. 지금도 그래요. 그런데 타마요 씨는 저 얼굴 어떻게 생각해요?

　스즈꼬는 마치 이와모또를 타마요에게 내밀듯이 말한다. 남편의 욕망이 언제부터인가 보이지 않는다. 상대가 누구라도 좋으니, 다른 여자에게 정열을 불태우는 이와모또를 보고 싶다는 생각마저 든다.

—좋은 얼굴이에요. 깨물어보고 싶어. 깨물어봐도 돼요?

—호호, 좋을 대로 해요. 당신이 그렇게 말하면 이와모 또도 좋아할 거예요. 맞아요, 젊었을 땐 나도 그랬어요. 저 얼굴을 정말로 이렇게, 깨물어주곤 했지. 매일 밤 저 사람 에게 안기고 싶어서.

—어머, 굉장해요. 스즈꼬 씨 부부는 얼굴에서 욕정을 느끼는 타입이네.

—당신은 안 그래요?

—글쎄요? 난 어디서 그걸 느끼는지 잘 모르겠는데.

—이와모또의 얼굴은 그걸 느끼게 하는 얼굴이에요. 난 미끈한 미남한테는 전혀 못 느껴요.

—맞아, 맞아요. 저 사람 얼굴에는 강렬한 섹스어필이 있어.

여자들은 그러고는 바로 곯아떨어졌다.

타마요가 먼저, 다음은 스즈꼬가 툭 하고 막대기가 쓰 러지듯 잠이 들었다. 불면을 모르는 여자들이었다. 그녀 들의 잠은 진흙을 닮아 있었다. 꿈도 거의 꾸지 않았다.

남자들은 여자들을 침실로 보낸 다음, 할 말도 없으면 서 거실에서 한참 더 와인을 마셨다.

좋은 여자야, 하고 생각났다는 듯이 오까다가 말했다. 타마요일 수도 있고 스즈꼬일 수도 있다는 투였다.

이와모또도 누구인지 묻지 않고 잠자코 있었다. 타마요도 스즈꼬도 둘 다 사랑스러웠다. 목욕을 마친 두 사람은 맨얼굴이어서 주름과 기미와 주근깨가 적나라하게 드러났지만 거침없이 편안하고 자유로웠다. 신랄함과 동시에 따뜻함이 있었다. 그대로 그녀들의 존재가 빛나 보였다.

그리고 두 사람은 이를 닦고 나란히 깔린 이불 속으로 들어갔다. 이와모또는 바로 잠이 들었지만 오까다는 늘 잠이 얕았다. 새벽에 누군가 문을 두드리는 듯한 소리가 들려 번쩍 잠이 깨었다. 자리에서 일어나 주위를 살펴보았지만 그 소리는 더 들리지 않았다.

사실 그런 일은 부인과 별거에 들어가 싸구려 아파트로 옮기고 나서부터 종종 있었다. 처음엔 꿈일지도 모른다고, 아니면 밤늦게 귀가하는 누군가의 발소리일지도 모른다고 생각했다.

그래도 불안이 가시지 않아 현관문에 다가가 숨죽이고 문밖을 내다보기도 하고, 결국 가만히 있을 수가 없어서 두려워하면서도 현관문을 열어본 적도 있다. 물론 문밖에는 아무도 없고, 싸늘한 어둠만이 펼쳐져 있었다.

지금 곁에서 이와모또는 큰 소리로 코를 골면서 잠들어 있다. 한바탕 소란스럽던 태풍도 지나가고, 한동안 소리를 내면서 흔들리던 덧문도 이제는 조용하다.

어둠속에서 오까다는 혼자 생각했다. 그리고 하나의 결론을 얻었다. 그것은 틀림없이 나 자신이 나를 두드리는 소리일 것이다. 넌 아직 살아 있다,고.

노크 소리가 들려오는 한 내 목숨은 계속될 것이다. 그러나 마지막에는 저승사자가 문을 두드리는 소리와 함께 내 생이 끝날 것이다. 그때가 오면 나는 조용히 현관문 손잡이를 힘주어 쥐고, 저쪽으로 통하는 문을 밀 것이다. 그리고 저승사자를 맞이할 것이다. 그렇게 생각하면서 오까다는 눈을 감았다.

다음날, 넷은 늦은 아침을 맞았다.

가장 먼저 일어난 스즈꼬가 모든 창의 덧문을 열었다. 낡은데다 나무로 돼 있어서 덜컹덜컹 요란한 소리를 냈다. 그 소리에 남자들이 잠을 깼다. 오까다는 덧문을 미는 소리에 한순간 어린시절로 돌아가 어머니의 모습을 찾았다.

—좋은 아침. 다들 잘 잤어요?

나란히 깔린 이불에서 얼굴만 내밀고 이와모또와 오까

다가 좋은 아침, 하고 말한다. 말하는 타이밍이 맞아서 이중창이 된다.

이와모또의 목소리는 낮고, 오까다는 비교적 높은 편이다.

세면대에서 물소리가 들린다. 타마요도 일어난 모양이다. 물소리가 그치고, 잠시 후에 타마요가 긴 머리를 말아올려 손으로 붙든 채 거실로 왔다.

─저기, 미안한데, 혹시 내 머리끈 못 봤어요? 어젯밤에 정신없이 취해서 어디다 뒀는지 기억이 나지 않아.

─어머 이상하네, 어디로 갔지? 일단 고무줄로라도 묶어요.

스즈꼬는 짧은 머리여서 머리끈은 갖고 있지 않았다. 남자들은 무관심한 채 아무 대답도 없다.

─알았어요.

타마요는 조금 실망한 표정으로, 손으로 붙잡고 있던 머리를 풀썩 내려놓았다. 귀기 서린 마귀할멈으로도 보이고, 풋풋한 한창 때의 소녀로도 보였다. 셋은 긴 머리를 풀어헤친 타마요를 넋을 잃고 바라보았다.

이 집에 오면 이상하게 물건이 자주 없어진다. 타마요가 느끼기엔 그랬다.

그동안 네 번 왔는데, 네 번 모두 뭔가를 잃어버렸다. 한 가지를 빼고는 대개 작은 물건이었다. 귀걸이 한쪽, 목걸이, 손수건과 펜, 그리고……

언제나 타마요는 혹시 그거 못 봤어요? 하고 가능한 한 티를 내지 않고 스즈꼬에게 묻는다. 그러면 스즈꼬는 항상 어머 이상하네, 하고 대답한다. 그러고는 꼭 찾아놓을게요, 하고 말한다.

하지만 한번도 물건을 찾아준 적이 없다. 찾으려 애쓴 기색조차 없다. 혈안이 되어서 찾을 만큼 귀한 물건은 아니어도, 역시 오래 손때가 묻은 물건이 없어지면 기분이 좋지 않다.

이 바닷가 집은 어수선하다. 책과 잡지, 생활용품 등이 바닥에 아무렇게나 나뒹군다. 스즈꼬는 정리하는 여자가 아니다. 관엽식물도 방 여기저기 줄기와 나뭇가지가 제멋대로 자라나 있다. 이처럼 어수선하고 어지러운 곳에서는 조그마한 물건이 어딘가에 섞여들어 흔적을 찾을 수 없게 되는 것도 당연한지 모른다. 그리고 이 집에 모이면 늘 다들 만만치 않게 취해버린다. 누구에게 책임이 있는지 따지자면 많이 취한 자신이 가장 나쁘다고 생각한다.

이와모또 부부가 그런 별것도 아닌 물건을 숨겨놓을 리

도 없고, 더구나 훔칠 리도 없다는 것은 잘 알고 있다. 이건 너무 유치한 생각이다. 머리로는 그렇게 생각하면서도 설마, 혹시, 하는 마음이 언뜻 고개를 든다. 천사의 머리카락처럼 가느다란 의혹이 머릿속에 둥실 떠오른다. 그리고 만년에 어머니가 치매에 걸려서 늘 뭔가를 도둑맞았다고 소란 피우던 일을 떠올리며 스스로를 나무란다.

가만히 살펴보면 스즈꼬나 이와모또의 태도에서 의심스러운 구석이라고는 눈곱만큼도 찾을 수가 없다. 의심스럽기는커녕, 그들은 지나칠 정도로 무관심하고 무엇이 얼마나 절실한지 전혀 모른다. 그 점이 타마요를 초조하게 만든다.

어머, 이상하네. 꼭 찾아놓을게요.

스즈꼬는 늘 건성으로 대답할 뿐이고, 이와모또는 타마요의 말이 전혀 들리지 않는 듯이 아무 말도 하지 않는다. 그러면 마치 잃어버린 물건에 다리가 달려 있거나, 아니면 집 자체가 물건들을 숨기고 있다고밖에 생각할 수 없었다.

작은 물건이라면 그래도 낫다. 하지만 전에 어머니에게서 빌린 샤미센의 채가 사라졌을 때는 정신을 잃을 정도였다.

거의 주연에 가까운 게이샤 역을 맡아 한 달간 공연을 하게 되었는데, 공연중에 샤미센을 직접 켜는 연기가 있었다. 어머니에게 빌린 채를 쓰면 잘 켜졌다. 그 채는 타마요에게도 소중했지만, 더욱이 어머니에게는 추억이 담긴 물건이었다. 바닷가 집에서 돌아온 다음날, 공연장에 가져가려고 가방을 열었지만 어디에도 채가 보이지 않았다. 이와모또의 집에서 모두가 모인 자리에서 자, 이거 보세요, 하고 가방에서 채를 꺼내 보여줬던 기억이 났다. 하지만 다시 가방에 넣은 기억이 없었다. 샤미센 채가 얼마나 값나가는 물건인지 아는 사람은 다 안다. 바로 스즈꼬에게 전화를 걸었다.

—어머, 이상하네. 찾으면 잘 보관해놓을게요.

하지만 샤미센 채는 아직도 나오지 않았다.

어머니는 화를 내면서 우셨다. 그 채는 내 목숨보다도 소중해, 아무리 부모자식간이라도 용서할 수 없는 게 있어, 하고 어머니는 타마요를 원망했다. 타마요는 변명 한마디 못하고 그저 죄송하다는 말만 되풀이했다. 물건의 운명을 원망할 수밖에 없었다.

그랬던 어머니도 작년에 세상을 떠났다. 죽고 나면 그 사람의 집념은 사라지는 것일까? 아니다. 그 집념이 타마요에게 들씌워진 것 같았다. 이 집에 올 때마다, 아, 그 채가 틀림없이 이 집 어딘가에 숨어 있을 텐데, 생각하면 마음이 개운치 않다. 어머니의 임종도 지키지 못했다. 치매가 상당히 진행되어 있어서 이젠 채 같은 건 잊었을 거라고 여겼는데, 어느날 문득 정상으로 돌아와 그 채가 나한테 얼마나 소중한지 알기나 해? 당장 찾아내, 하고 울부짖었다. 그것이 어머니의 마지막 말이 되고 말았다. 지금도 타마요는 마음의 짐을 내려놓지 못하고 있다.

스즈꼬의 집에 갈 때면 겉으로는 아무렇지도 않지만 무심결에 눈길이 집 안 여기저기를 훑고 다닌다. 그리고 곧잘 이와모또와 스즈꼬가 한꺼번에 죽어버렸을 때를 상상한다. 그렇게 되면 마음대로 이 집을 구석구석 뒤질 수 있다. 그때는 분명히 자신이 지금까지 이 집에서 잃어버린 물건들이 여기저기서 차례차례 나타날 것이다. 아, 여기도! 이런 곳에서도! 그렇게 상상하면서 몸서리를 친다.

—자, 아침식사들 해요.

스즈꼬가 불렀다. 토스트에 커피를 곁들인 아침식사를 모두 조용히 먹었다. 그리고 커피를 한 잔 더 마셨다. 스즈꼬를 뺀 세 사람은 집 곳곳에 놓인 여름귤을 하나씩 집어들고 천천히 시간을 들여서 먹었다.

테이블에는 어제 타마요가 가져온 카네이션이 꽃병 가득 꽂혀 있다.

대화가 끊어질 때면 왠지 네 사람 모두 아주 오래 같이 있어온 듯한 느낌이 들었다.

—타마요 씨, 오늘 바빠요?

스즈꼬가 묻는다.

—내일부터 연극 연습인데, 오늘은 괜찮아요.

—그래요? 잘됐네.

—여기 오면 나, 뿌리가 난 버섯이 돼버려요. 이젠 실례해야지.

이 집에 타마요를 불러놓고도 이와모또는 이번에도 결국 일에 대한 상의는 전혀 하지 않았다. 그저 수다 떨고 술 마시고, 그걸로 끝이었다.

—이번주는 목요일에 두 편을 같이 녹화해요. 한 사람은 타마짱이 좋아하는 작가고, 또 한 사람은 염색 공예가예요.

—음, 기대되는걸요. 자료랑 책은 꼼꼼히 읽어볼게요.

두 사람의 그런 대화를 들으면서 스즈꼬는 스테레오가 있는 곳으로 가서 씨디를 틀었다.

I think it's gonna rain today,

젊지 않은 여자가 무언가를 망가뜨리는 듯한 목소리로
노래한다.

—누구지? 처음 듣는 곡이네. 괄괄한 목소리가 참 좋
아요.

타마요가 묻는다.

스즈꼬가 대답한다.

—노르웨이의 재즈 가수 시젤 엔드레센이에요. 타마요
씨랑 목소리가 좀 비슷하죠. 인상도 그렇고.

물기를 머금은 무거운 가성이 여자들의 어두운 자궁을
가득 채우듯이 퍼져간다.

타마요가 벌떡 일어나더니 곧장 거실 한가운데로 가서
음악에 맞춰 춤을 추기 시작한다. 아래로 팔을 늘어뜨린
채 힘을 빼고서.

오까다가 몽유병자처럼 일어나 타마요 곁으로 다가간
다. 두 사람은 해초처럼 붙어서 나란히 춤을 춘다. 곧 무
척 자연스러운 모습으로 몸을 밀착시킨다.

(아아, 기분 좋겠다.)

스즈꼬도 일어나 두 사람 곁으로 간다.

오까다를 사이에 두고 타마요와 스즈꼬의 눈이 마주친다. 두 사람은 소리내지 않고 웃는다. 웃을 때, 격렬하게 우는 것처럼 얼굴이 일그러진다. 스즈꼬는 타마요를, 타마요는 스즈꼬를 안아주고 싶은 생각에 가슴이 벅차오른다. 그리고 예전에 어떤 남자를 지금과 같은 감정으로 바라본 적이 있다는 생각이 든다.

이윽고 이와모또가 일어나 세 사람 곁으로 다가온다.

스즈꼬가 이와모또의 손을 잡았다. 정말 오랜만이다. 스즈꼬는 조금 떨렸다. 이와모또는 아직 취해 있는 것 같다.

이제 삽입 같은 건 필요없어, 하고 스즈꼬는 생각한다. 닿기만 해도 좋아. 오래, 아주 오래, 시간을 들여서 서로 애무하는 거야. 천천히. 그것만으로도 좋아.

생각만으로 끝내려 했던 말이 스즈꼬의 목소리가 되어 이와모또에게 속삭여진다.

이와모또는 잠자코 있다. 두 사람은 해초처럼 흔들리면서 잠시 그렇게 손을 잡고 춤을 추었다.

잠시 후에 스즈꼬가 말했다.

—교대해요.

스즈꼬의 목소리에는 저항할 수 없는 압력이 있어서,

이와모또는 자연스럽게 스즈꼬에게서 떨어져 타마요에게 간다. 그리고 반대로 이번에는 오까다가 스즈꼬에게 온다. 서로가 몸을 밀착시키자, 이런 두 쌍의 모습이 가장 자연스러운 조합이라는 듯이 차분한 분위기가 퍼져간다.

서로 자리를 바꾼 커플은 앞서보다도 훨씬 강하게 자신의 몸을 상대방에게 밀착시킨다. 오까다는 아주 옛날에 스즈꼬와 이상한 키스를 나눴던 것을 떠올린다. 그리고 스즈꼬도 전에 오까다라는 덩어리 속에 들어갔다 나온 적이 있다는 사실을 생각한다.

두 사람은 그렇게 몸을 밀착한 채 몸과 마음 모두 흔들리고 있었다.

잠시 후 스즈꼬의 눈에 타마요와 이와모또가 침실 쪽으로 가는 것이 보인다.

아, 가는구나, 하고 생각하면서 그저 바라본다.

─이따가 또 교대해요.

타마요가 누구라고 할 것도 없이, 거실의 공간을 향해 말했다. 엄숙하고 투명한 목소리였다.

둑이 터지듯 뭔가 무너졌다고 스즈꼬는 생각한다. 시작된 이상, 이제 멈출 수 없다. 끝이 시작되었는지도 모른다.

─응, 그래요.

스즈꼬는 대답한다. 교대하든 안하든, 실은 어떻게 되어도 상관없지만, 그래요, 하고 동의한 자신의 목소리가 울음소리처럼 자신의 귀에 와서 닿는다.

어젯밤에 태풍으로 떨어진 여름귤이 정원 여기저기 굴러다니고 있다.

스즈꼬는 오까다의 손을 잡고 쏘파 위로 이끈다.

오까다가 안경을 벗자 작고 불안해 보이는 두 눈이 나타났다. 스즈꼬는 그의 눈에 시력이 남아 있는 것 같지 않다고 느꼈다. 안경을 벗은 오까다는 마치 몹시 불안해하는 맹인 같아 보였다.

오까다가 주뼛거리면서 스즈꼬의 몸을 덮었다. 두 사람은 생선처럼 꼭 달라붙어서 누웠다. 오까다의 홀쭉한 볼에 손가락이 닿자, 스즈꼬는 오까다의 살이 아니라 뼈에 직접 닿은 것 같았다. 오까다의 얼굴을 손바닥 전체로 감싼다. 아아아아, 오까다가 신음소리를 낸다. 기분 좋아. 나도 기분 좋아요.

오까다의 눈동자 깊은 곳에서 아까부터 몇번이고 고양이 한 마리가 나타났다가는 사라졌다. 결국 치어죽이기 전까지 그것은 사라지지 않을 것 같다. 오까다는 흉악한자가 되어 세게 액셀을 밟는 대신, 스즈꼬의 스커트를 잡아 강제로 끌어내린다. 지퍼는 이미 열려 있어서 스커트는 저항 없이 간단히 벗겨진다. 속옷을 입지 않은 스즈꼬의 하반신이 해초나 조개처럼 드러났다.

스즈꼬는 뭐든 깨물 만한 살을 입에 물고 싶다. 하지만 오까다는 말라서 살이 붙어 있지 않다. 뼈와 뼈를 삐걱거리면서, 다리가 두 개인 앤티크 의자처럼 두 사람은 삐걱삐걱 쎅스를 한다.

누가, 누가 우리 좀 떼어놔주지 않겠어요?

그렇게 바라면서 스즈꼬는 눈을 감고 사슴 같은 다리를 올렸다. 시젤이 노래하고 있다. 미친 소처럼, 성난 목소리로.

I think it's gonna rain today,

침실에서 타마요가 내는 크고 거친 신음소리가 들려온다.

파
도
를

기
다
리
며

오후가 되자 바다 색깔이 바뀌었다.

바닥이 보일 만큼 투명한 푸른색이던 물에 지금은 깊고 진한 남색이 번져가고 있다. 더 먼 바다에는 더욱 짙은 남색 띠가 있어서, 두 색은 결코 섞일 리가 없다.

바다에서 불어오는 바람도 강해졌다. 파라솔에 달린 캔버스천의 가장자리 장식이 바쁘게 펄럭이고 있다. 누름돌이 없는 돗자리가 이리저리 날리고 모든 것이 모래투성이가 되었다. 가져온 주먹밥, 먹고 있던 자몽, 닭튀김, 귓속, 콧구멍, 손톱 사이까지, 틈이란 틈마다 모래가 들어찼다. 가방은 단단히 잠갔는데도 바닥에는 악의(惡意)처럼 모래가 들어가 있다.

해변에 오면 침식당한다. 아무리 자신을 지킨다고 해도 바람과 모래, 물과 빛은 용서하지 않는다. 모래투성이가 되어 바다와 일체가 될 수밖에 없다. 이 일체가 되는 경험을 아꼬가 사는 토오꾜오에서는 전혀 맛볼 수 없다. 토오꾜오에서 아꼬는 세분화된 하나의 부속으로서, 누구와도 섞이지도 않고 더러워지지도 않는 독립된 생명체로서 부유했다.

최근 몇년 동안 여름이면 가족 셋이 찾아오는 이 해변은 아꼬에게 자신이 모조리 들추어지는 법정이나 형장과도 같은 공간이었다. 무엇이 들추어지는지는 자신도 몰랐다. 확실히 신체는 거의 나체에 가까워진다. 그런데 그것이 신체에 한정되지 않고 왠지 마음속까지 영향을 미치는 것 같다. 들추어내는 것은 사람이 아니라 태양빛과 바닷물이다. 그렇게 '자연'에 의해 범해질 때면 무력감의 깊은 바닥에서 번쩍이는 힘이 솟았다.

달구어진 모래에서 피어오르는 증기로 인해 해변의 공간은 무척이나 추상적이다. 그곳을 지나는 인간들은 당연히 가지각색의 '얼굴'을 지니고 있지만 아꼬는 거의 구별하지 못한다. 도시에서는 분명히 '얼굴'들이 걸어다녔다.

그러나 해변의 주역은 얼굴이 아니라 신체다. 이곳에서는 누구나 자신의 고유한 이름을 떼어내고 '햇볕에 탄 얼굴'이라는 추상적인 가면을 쓰고 걸어다닌다. 거기에서 본래의 감정을 헤아릴 수는 없다. 바닷가 백사장은 극장과도 같아서, 해변을 지나는 그들의 신체에서는 건강하게 옅어진 나쁜 냄새가 났다.

해변에서는 오후가 되자 두번째 청소트럭이 순회하고 있었다.

조금 전에 해변 관리탑에서 젊은 여성의 목소리로 안내방송이 있었다.

"지금부터 해변 클린 캠페인을 시행하겠습니다. 청소트럭이 해변을 한 바퀴 돌겠습니다. 물놀이중인 손님 중에서 쓰레기를 줍는 일에 함께하실 분들은 협조를 부탁드립니다. 각자 비닐봉지를 준비해주세요. 그리고 타는 쓰레기와 타지 않는 쓰레기로 구분해주시기 바랍니다. 쓰레기는 청소트럭 운전사분에게 주시면 됩니다. 담배꽁초, 페트병 등 눈에 띄는 쓰레기를 모두 치워 깨끗한 해변을 만듭시다……"

청소트럭이라고는 해도 짐칸을 개조한 장난감 같은 차다. 운전사도 늙수그레한 남자다. 너덜너덜한 티셔츠에 너덜너덜한 면 모자. 강한 햇볕에 노출된 탓에 얼굴에는 깊은 주름이 새겨져 있지만, 바다를 바라보는 눈은 굉장히 맑다.

아꼬는 그를 조금 알고 있다. 최근 몇년 동안 가족과 함께 이 해변에 올 때마다 파라솔을 빌리면서 그와 짧은 대화를 나눴다. 해변 입구에 있는 '나기사'라는 가게. 그는 그곳의 책임자이다.

해변에 가게는 이곳뿐인데다 7,8월만 장사를 한다. 여름이면 아르바이트생들의 얼굴이 해마다 바뀐다.

어느해 여름에는 아르바이트생이 그를 '사장님'이라고 부르는 것을 곁에서 들었다. 사장이라고 하기에는 싹싹하면서도 이상한 부유감이 느껴지는 인물이어서 아꼬는 은근히 흥미를 느끼고 있었다. 힘쓰는 일은 대부분 청년들에게 맡기지만, 작은 체구는 민첩했고 구릿빛 팔뚝을 보면 아직 한창 일하는 남자 같은 힘과 늠름함이 느껴졌다. 거의 말이 없는 사람이었지만 가끔 말을 할 때는 굵은 소금을 묻힌 것처럼 걸걸한 목소리였다.

이제 9월이 가까웠기 때문에 물놀이하는 사람도 뜸했다. 캠페인을 벌일 만큼 쓰레기도 많지 않았다. 아꼬가 한 손에 책을 들고 긴 의자에 누워 있는데 트럭을 따라 걷던 초면인 남자가 말을 걸어왔다.

—이거 쓰레기인가요?

클린 캠페인을 돕는 사람인가? 키가 땅딸막하고 배가 나왔다. 햇볕에 탄 얼굴에 눈동자만이 반짝 빛났다.

남자가 아꼬에게 내민 것은 눈에 익은 썬크림이었다.

—아 예, 쓰레기가 아니에요. 제 거예요. 죄송합니다.

의자에서 일어나 남자 쪽으로 걸어가려는데, 휘익 하고 바람이 불어와 둥근 스커트가 들춰졌다. 깜짝 놀라 스커트를 붙잡는다. 안에 수영복을 입지 않았다. 생리중이어서 처음부터 오늘은 해변에서 짐을 지키면서 쉬기로 했었다.

스커트를 입지 않은 지가 오래되었다. 그러나 오늘은 헤엄을 치지 않는다 해도 바닷물에는 몸을 담그고 싶었다. 그러려면 스커트를 입어야 했다. 하지만 어울리지 않았다. 어울리지 않게 되었다. 어떻게 된 걸까. 아이가 태어나고, 무거운 아이를 업고 안다보니 하체에 근육이 붙었다. 아꼬는 근래 몇년 동안 몸 전체가 둥그스름해져서 안정감있는 항아리 같은 몸이 되었다. 바지 또는 팬츠로 불리는 옷은 움직이기도 쉽지만 여자에게 있어서는 전투복이다. 항상 허벅지를 감싸는 바지류가 어느덧 아꼬에게 피부처럼 친숙해진 것이다. 오랜만에 스커트를 입자, 그것만으로도 이미 정신이 불안정한 여자가 된 것 같았다.

저 흔들리는 치맛자락 사이로 무언가 나쁜 것이 들어온다. 도대체 이런 이미지는 어디서 누구에 의해 심어졌을까. 하지만 아꼬는 그 나쁜 것을 거부하고 싶으면서도 솔직히 한편으로는 받아들이고 싶었다. 그러나 그것을 잊어버렸거나 잊어버린 척하면서 일상에서는 줄곧 허벅지를 감싸는 바지를 입었다.

지금 오래간만에 아꼬의 하체에 닿은 바람은 아꼬 속에서 잠자고 있던 분열된 욕망을 한순간 불러일으켰다. 들춰진 것이 스커트가 아니라 자신인 것 같았다.

그러나 남자는 말려올라간 스커트에는 아무런 반응도 보이지 않고 심드렁한 얼굴로 아꼬에게 썬크림을 건넸다. 건네주면서 약간 틈을 두고 아꼬에게 물었다.

—어디서 왔어요?

옛날에 이런 식으로 남자가 말을 걸어온 적이 있는 것

같았다. 하지만 지금 귓속에 들어온 목소리는 동급생 같은 친숙함이 있었다. 아꼬도 자연스럽게 친숙하게 답했다.

—토오꾜오에서요.

—토오꾜오 어디?

—이께부꾸로.

—아, 이께부꾸로. 지금 더워요?

—더운 정도가 아니에요. 어제는 사십도였으니까.

—와, 굉장히 덥겠네. 난 나까노 부근에 살았어요.

—지금은 쭉 여기서 지내요?

—응, 반은 파도타기하고, 반은 일하고……

—좋겠네요.

—글쎄, 이제 토오꾜오에는 돌아갈 수도 없고, 돌아갈 생각도 없어요.

그 말만 하고 남자는 홀가분해진 듯 돌아서서 가버렸다.

비만체형인 써퍼도 있구나. 아꼬는 신기한 것을 보기라도 한 듯 남자의 등을 바라보았다. 그가 파도를 타는 모습이 그려지지 않았다. 가라앉는 모습이 더 어울릴 것 같았다. 어딘가 석연찮은 남자였지만, 아마도 자신과 또래일 것 같았다. 처음 만난 사람이었지만 아꼬는 완전히 마음을 놓은 말투로 이야기를 했다. 그런 자신이 신선하게 느껴졌다. 스커트가 바람에 말려올라간 덕분일지도 모른다. 젊었을 때는 그렇게 누구하고도 대화를 나눌 수 있었던 것 같다. 그것이 언제부터인가 스스로도 놀랄 만큼 공손한 말투를 능숙하게 쓰는 여자가 되었다.

바닷가에 와서 삼일이 지났다.

생리는 이제 곧 끝날 테지만, 끝나지 않고 질질 끌면서 벌써 일주일도 넘게 지나 있었다. 폐경 전의 특징일지도 모른다.

삼년 전에 세상을 떠난 아꼬의 어머니는 사십대에 일찌감치 폐경을 맞았다고 아꼬에게 말한 적이 있다.

"젊어서 빨리 문을 닫는 집안이야. 너도 틀림없이 빠를걸."

문을 닫는다. 어머니는 그런 식으로 폐경을 표현했지만, 문이란 무엇일까. 여자의 문일까. 아이를 낳을 수 있는 문일까. 그 말을 들었을 때 아꼬는 왠지 생리가 있는 여자들은 문 안쪽에 갇혀 있고, 생리가 끝난 여자들은 문 바깥으로 해방되어 만세 하고 두 손을 들고 있는 그림을 상상했다.

개인차는 있겠지만 대부분 첫 생리부터 사십년간 이어

진다고 한다. 사십년. 폐경의 감회를 물어본 아꼬에게 어머니는 무덤덤하게 대답했다.

"끝났을 때 어떤 느낌이었냐고? 그런 걸 깊이 생각해본 적은 없지만, 어쨌든 여자는 폐경이 지나도 계속 살아가니까…… 슬픈 것도 아니고 기쁜 것도 아니었지. 다만 그때는 땀이 엄청 나고, 아침에 일어나는 게 힘들었다. 내가 꼭 무거운 짐짝 같아서, 끌고 다니기가 고됐지. 지금은 자유로워. 바다 위를 둥둥 떠다니는 것 같아."

그러고 나서 몇년 뒤 어머니는 세상을 떴다. 폐렴을 동반한 심근경색이었고, 일흔살이었다. 돌아가시기 직전, 기미가 많던 어머니의 피부가 갑자기 투명해지고 깨끗해졌던 것을 기억한다. 여자는 마지막에는 물 위에 뜬 시체처럼 부력이 생겨서 투명해지는 것일까. 아꼬는 올여름에 정원에서 본, 매미의 투명한 허물이 떠올랐다.

어렸을 때 사촌들과 바다에 가기로 약속을 했는데 생리가 터져서 갈 수 없었던 일이 있었다. 그때는 정말이지, 이런 일이 평생 계속된다니 참 성가신 성(性)으로 태어났구나 하고 생각했다. 하지만 다른 사람들과 함께 바다에 가는 것 또한 굉장히 귀찮은 일이어서, 혼자가 되는 구실이 생긴 것에 아꼬는 한편으로는 한숨을 놓았다. 난 솔직히 별로 바다에 가고 싶지 않았던 거야, 하고 또다른 자신을 발견한 것 같은 기분이 들었다. 그러자 반짝반짝 빛나는 여름방학의 바다가 문득 멀어지는 것만 같았다.

가능성으로 가득 찬 물가를 앞에 두고 무언가를 단념하는 태도가, 그때 처음으로 아꼬 속에서 가만히 추를 가라앉혔는지도 모른다.

그후로 바다가 왠지 모르게 서먹해졌다. 아꼬에게서 멀리 떨어진 곳에서 저 혼자 반짝반짝 빛나고 있었다. 그 반짝임은 자각 없는 바다의 악의처럼 보인다.

가끔 해변에서 혼자 바다에 들어가지 않고 앉아 있는 여자를 본다. 그런 여자들에게는 대부분 가족이 있다. 아이들과 남자가 헤엄치다 지치면 물을 뚝뚝 흘리면서 바다에서 나와 해변에서 기다리고 있는 여자에게 돌아온다. 그들에게 여자는 수건을 건네거나 먹을 것을 내주고 말을 건다. 아무것도 하지 않고 그저 바라보고만 있기도 한다. 그녀는 짐을 지키는 사람이자 정신적인 지주, 혹은 등대지기 같다.

여자는 애초에 바다 따위에는 흥미가 없다는 듯한 얼굴을 하고 있다. 그런 데는 아이들이나 들어가고 싶어하고 자신은 이미 졸업했다는 듯한, 무표정하고 건조한 얼굴을 하고 있다. 그러면서도 한편으로는 그런 자세를 주체적으로 선택했다기보다는 선택할 수밖에 없었다는 체념이 담긴 얼굴을 하고 있다. 그것을 여자는 절대 말로 표현하지 않는다.

옆에서 보고 있으면 그것은 단념의 한 형태로 보인다. 하지만 그 단념은 소금과 모래가 섞인 단물 맛이 난다. 단념이라는 것을 한 번도 해본 적이 없는 사람에게는 오히려 행복하게까지 보이는 모습이다.

아꼬는 어린시절부터 줄곧 보아왔던 '해변에서 기다리는 여자'가 지금의 자신이라는 것을 깨닫고 조금 놀란다. 그리고 자신이 행복하지도 불행하지도 않으며, 이제는 자기 자신조차 아닌 것 같은 느낌이 들었다.

나는 누구일까? 해변에 오면 알 수 없게 된다. 알든 모르든 상관없게 된다. 나는 멀지 않은 언젠가는 죽는다. 여기 있는 사람들도 모두 죽는다. 해변에 오면 그걸 알 수 있다.

"넌 있는지 없는지 알 수 없는 아이야."

어렸을 때는 누구나 아꼬에 대해 그렇게 말했다. 생각하고 느끼는 것을 입밖에 내어 표현하지 못하는 얌전한 아이였다. 그런 아이는 감수성이 풍부하고 내면이 발달해 있다고도 사람들은 말했지만, 아꼬는 특별히 글을 잘 쓰거나 그림을 잘 그리는 편도 아니었고, 그저 희미해서 눈에 띄지 않을 뿐이었다. 자기 안에 스스로를 가두고 있어 한 발자국도 밖을 향해 나갈 수 없었고, 다른 사람과도 잘 사귀지 못했다. 말하자면 그런 유폐상태가 아꼬의 어린시절이었다. 고통스러웠다. 그러나 어렸을 때는 사는 게 당연히 그런 줄 알았다.

어른이 된 지금은 실패해도 다시 시작하면 되고, 일이 잘 안되면 그럴 수도 있다고 체념하고, 얼마든지 다른 길이 있다고 생각할 수 있게 됐다. 하지만 아이에게 사는 길이란 바로 앞에 보이는 한 길뿐이다. 아꼬는 자신이 아이가 아니어서 다행이라고 절실하게 생각한다. 아이인 채로 그대로 나이를 먹었다면 죽어버렸을 것이다. 그리고 모든 아이들이 어른이 될 때까지 어떻게든 살아남았으면 좋겠다고 생각한다.

하지만 어른이 되었다고 해서 아꼬의 본연의 모습이 아이 때와 본질적으로 달라진 것은 아니다. 변함없이 사람을 싫어하고 혼자 있기를 좋아한다. 그래서 오히려 남들과 잘 지낸다. 더구나 자기주장을 내세우지 않기 때문에 자리에 있는지 없는지 모를 정도라고 사람들은 말한다.

어렸을 때와 전혀 다르지 않다. 존재감이란 영혼의 무게 같은 것일 텐데, 그건 원래 바뀌지 않는 걸까.

"넌 존재감이 없어 보여."

학창시절에 한 남자아이가 그렇게 말했을 때, 또 그런 말을 듣는구나 하는 생각이 들어 아꼬는 심하게 상처를 받았다. 하지만 그는 생각없이 말한 것을 미안해하면서 아꼬를 위로해주었다.

"넌 투명해. 그리고 항상 땅에서 조금 떠 있어. 그래서 지상적인 존재감이 없어 보여."

유혹하는 건가 하고 순간 착각했다.

그는 지금 어디서 뭘 하고 있을까. 기억하는 것은 그때의 대화뿐이고, 졸업한 뒤로는 한 번도 만나지 못했다.

어제 아꼬는 화장실에서 피가 묻은 자신의 생리대를 코에 대고 냄새를 맡아보았다.

피와 분비물, 땀과 오줌이 뒤섞인 독특한 그 썩은내는 마치 타인의 냄새처럼 윤곽이 뚜렷해 존재감이 옅은 아꼬의 것이 아닌 것 같았다. 고약한 냄새였다. 고약하다고밖에 할 수 없는 냄새였다. 그러나 아꼬는 멍하니 넋을 잃고 그 냄새를 맡았다. 아아, 내 냄새다.

지금도 자신이 이 해변에서 그 냄새를 희미하게 발산하

고 있다고 생각한다. 그 냄새가 몸에 붙어 있지 않으면 자신은 해변의 신기루와 같을 것이라고 생각한다. 피의 냄새 때문에 자신은 겨우 지상에 머물 수 있는 것이다.

그리고 그 피에 싸여 세상에 태어난 아이의 존재가 인력(引力)이 되어 아꼬의 부력을 억누르고 있다. 아이가 성장해서 스스로의 힘으로 살아가게 되었을 때 아꼬의 역할은 끝난다. 그때는 틀림없이 붕 떠오르겠지. 그때까지는……

아까 남자에게 받은 썬크림은 지난해 여름이 남긴 것이다.

여름이 끝난 다음에는 여러 가지 것들이 남는다. 해변에 미역이나 조개껍데기 따위가 밀려올라오는 것처럼, 여름이 지나가는 방식은 어딘가 노골적이다. 무엇이 없어지고 무엇이 남았는지 뚜렷하게 눈으로 확인할 수 있는 것이다. 썬크림이 그중에서도 대표적인 물건이다. 그걸 한 해 여름에 다 쓸 수도 없고, 그렇다고 남은 것을 버리지도 않는다. 계절이 지나면 그대로 쌓여 있다.

바닷물에 들어가기 전에 남편이 말했다.

—썬크림 가져왔지? 등에 좀 발라줘.

남편은 재작년에 부주의로 온몸이 심하게 탔다. 돌아오

는 차 안에서 덜덜 떨면서 냉방을 꺼달라고 하기에 이마를 짚어보니 열이 났다. 감기에 걸렸나 했더니 아무래도 햇볕에 탄 후유증 같았다.

남편은 이제 오십대 중반이지만, 평소 복근운동 등으로 몸을 단련해 군살이 전혀 없다. 젊었을 때부터 몸이 단단해서 전에는 마치 우엉 같았다. 오랜만에 보니 예리하고 강렬한 느낌에 압도당할 것 같았다. 등에 썬크림을 발라주었을 때는 그 단련된 근육의 두께에 놀라고 말았다. 남편의 등을 만져본 지도 오래되었다. 이제 그것은 우엉이 아니라 낯선 다른 남자의 몸이었다.

누르면 금방 원래대로 돌아오는 남편의 등이 지닌 눈부신 탄력. 목숨이라는 것은 탄력이 있다는 것이다. 아꼬는 대합의 힘을 떠올렸다. 얼마전에 조갯국을 끓인 적이 있었다. 달구어진 냄비 속에서 대합들이 차례차례 입을 벌리기를 기다리고 있었다. 드디어 국자로 국물을 저으려는데, 때마침 대합 하나가 입을 쩍 벌리더니 아꼬가 멍하니 쥐고 있던 국자를 툭 하고 밀어올렸다. 비켜! 하고 몸으로 밀치기라도 하듯이. 아꼬는 놀랐다. 그 부드럽고 단호한 거절의 힘에 의해 자신의 생명이 밀린 것 같았다. 그것은 놀랄 만큼 관능적인 촉감이었다.

남편의 등은 그 조개처럼 탄력이 있었다.

조개가 무언가를 밀어내면서 입을 벌릴 때, 그것은 조개가 죽을 때이다. 하지만 그 죽음이 아꼬의 눈에는 생의 절정처럼 보였다. 죽은 조개는 끓는 물속에서도 결코 입을 벌리지 않는다. 하지만 살아 있는 조개의 생은 입을 벌리기 직전에 파도처럼 솟아올라 비등점에 이른다. 그리고 드디어 열린 죽음 속으로 격렬하고 평온하게 무너져간다. 남편의 등에서 본 것도 죽음을 내포한 생의 절정의 빛일지도 모른다. 정면으로 돌아서 보면, 그에게 슬며시 다가온 늙음의 징조가 보일 것이다. 흰머리가 늘고 주름도 많다. 그런데 등의 근육은 어떤가. 애처로운 저 윤기를 아마도 본인은 전혀 알지 못할 것이다.

남편은 파도를 좋아한다. 그렇게 된 것은 삼년 전부터였다. 처음에는 아이인 토끼오를 위해 바다에 왔지만, 자신이 더 파도에 매료되어버렸다. 그 나이에 주책이라고 말해주고 싶지만, 어쨌든 그는 그 재미를 알아버렸다. 아무리 나이가 많아도 처음 알게 되어 거기에 빠지게 되는 것이 있다. 하지만……

그뒤로 남편은 아꼬에게 조금씩 낯선 사람이 되어갔다. 그와 파도의 만남이므로 다른 사람이 뭐라고 간섭할 일은 아니다. 더구나 파도의 쾌락은 한번 알고 나면 다시는 되돌아갈 수 없는 것이라고 했다.

처음에는 가게에서 빌린 작은 판자가 그의 유일한 파도타기 도구였다. 그것을 붙잡고 파도 사이로 몸을 떠다니게 하는 것만으로도 남편은 충분히 만족하는 것처럼 보였다. 아꼬는 귀엽다고 생각했다. 그러나 그다음 여름에는 갑자기 써핑보드를 가지고 다른 사람에게 배우지도 않고 눈동냥으로 바다에 나갔다. 가게에서 빌린 것은 처음 한 번뿐이었고, 금방 자신이 탈 써핑보드를 주문했다. 그때 아꼬는 무척 놀랐다. 한 달쯤 지나 파도타기에 필요한 모든 준비가 완료되었을 때는 남편이 흥분을 가만히 억누르고 있다는 것을 알았다. 아꼬는 이내 포기했고, 웃음이 나오는 것을 참았다.

써핑보드는 딱히 화려할 것도 없는, 그저 하얀 판자에 불과했다. 주문한 물건이니 특별한 데가 있을 거라고 기대한 아꼬에게 남편은 이걸로 충분하다고 말했다. 이게 가장 씸플하고 싸거든. 뒷면에 세 개의 돌기가 달려 있는데 그걸 '핀'이라고 부르며, 앞면에는 문어발처럼 빨판 모양의 돌기가 달린 부분이 있어서 보드 위에 설 때 한쪽 발을 고정하는 발판 역할을 한다고 했다. 계란 껍데기 같아서 쉽게 망가지거든. 어디 부딪히지 않게 조심해서 만져야 돼. 그 말을 듣고 직접 들어보니 아꼬도 가지고 다닐 수 있을 만큼 가벼웠다. 둥그스름한 곡선이 아름다웠다.

남편의 키보다도 조금 큰 써핑보드는 바다가 아닌 좁은 방 안에서는 몹시 답답해 보였다. 아꼬도 그것이 어서 파도에 뜨게 되기를 바랐다.

그렇게 해서 최근 몇년 사이 집 안에는 바다와 관련된 물건들이 조금씩 늘어갔고, 기분 탓인지 집에 모래 같은 것이 깔려서 늘 껄끄러운 것 같았다.

─그럼 잠깐 갔다 올게.

아꼬가 등에 썬크림을 바르고 나자 남편은 그렇게만 말하고 바다로 향했다. 바다에 나가서, 파도나 파도 모양을 한 무언가와 만나기 위해. 한 손으로 써핑보드를 든 뒷모습은 언제 봐도 신선하고 낯선 느낌을 주었다.

지금 아이는 아꼬 곁에서 모래산을 만들고 있다.

─엄마 이거 봐, 엄마 이거 봐.

토끼오가 만든 모래산이 점점 높아져간다.

─대단하네.

손에 든 책에서 시선을 떼지 않은 채 그렇게 대답한다.

하지만 책의 내용은 머릿속에 들어오지 않는다. 활자들이 죄다 모래 같다. 눈에서 스르륵스르륵 쏟아져내린다. 파도소리와 바람소리가, 가만히 머물고 싶어하는 모든 것들을 닥치는 대로 부스러뜨린다. 책의 띠지에는 십년에 한번 나올 만한 명작이라고 씌어 있다. 그게 무슨 상관이겠는가.

해변에 있으면 시간의 단위가 달라진다. 십년 같은 건 잠깐이다. 아니, 더 짧다. 일상에서 가치있던 것들이 여기서는 그 가치를 급속도로 잃어버린다. 대체 무엇이 무효화된 것일까. 해변은 모든 것을 표백해버리는 무서운 곳이다.

아이가 다시 엄마 이거 봐, 하고 말한다.

아꼬는 아이 쪽으로 시선을 옮긴다. 대단하네,라고 말해준다. 대단하네, 토끼오. 왜 뭔가 다른 말을 해주지 못할까 하고 자기혐오에 빠지면서. 토끼오는 바다가 무섭다며 운다. 커다란 파도가 싫다고 한다. 입술을 덜덜 떨면서 바다에 들어가기를 거부한다. 그것을 웃으면서 자 괜찮아, 하고 어르는 자신이 더 잔혹한 짓을 하는 것 같다. 실망한 아꼬는 도시 아이는 어쩔 수가 없네, 겁쟁이야, 하고 생각하면서 한숨을 쉰다. 하지만 자신도 바다가 싫었다. 자신도 겁쟁이였고 도시 아이였다. 바다를 앞에 두고 어두운 눈빛으로 튜브에 매달려 떨고 있는 어릴 적 사진이 그 증거다.

—뭐가 무서워. 자, 앞으로 나가보렴. 자 어서. 엄마랑 같이 바다에 들어가보자.

입으로는 그렇게 말하면서도 실은 아꼬도 바다가 무섭다. 이유는 알 수 없지만 바다가 무섭다.

강렬한 태양빛이 반사해서 모래는 한없이 하얗다. 물끄러미 보고 있는 것만으로도 눈이 타버릴 것 같다. 토끼오가 모래산 쌓는 것을 도와준다. 저쪽부터 파, 엄마는 이쪽부터 파나갈게. 모래산에 터널이 뚫리고, 아꼬의 손가락이 토끼오의 부드러운 손가락에 닿는다. 토끼오가 웃는다.

얼마동안 그렇게 놀고 나서 아꼬는 한 번 더 토끼오를 바다로 데려간다. 아이는 변함없이 무서워하면서 물에 들어가려 하지 않는다. 아꼬는 하는 수 없이 꼿꼿이 서서 자신의 발 주위를 내려다본다.

파도가 빠져나갈 때면 발 주위에 있는 모래가 쓸려나가 마치 자신이 빠르게 뒤로 물러나는 것 같은 착각이 든다. 무언가 크고 터무니없는 힘에 의해 자신이 이 세상에서 억지로 끌려나가는 것 같다.

—이걸 봐. 자연의 에스컬레이터란다. 자, 보렴.

걸어가는 방향과는 반대로 뒤를 향해 나아가는 에스컬레이터. 자, 보렴.

토끼오는 그 착각이 마음에 든 모양이다. 어쩌면 정말로 뒤로 물러난다고 생각하는지도 모른다. 그리고 아꼬도 자신이 점차 깎여나가는 것 같은 그 착각을 즐기고 있다. 마지막으로 내장까지 몽땅 쓸려나가 백골만 남은 자신을 상상해본다. 금방 그렇게 되겠지.

—토끼오, 좀더 가까이 가볼까?

아꼬는 토끼오의 손을 잡는다. 토끼오는 아꼬의 손을 꼭 쥔다.

계속 앞으로 걸어나가 바닷물에 들어간다.

토끼오가 웃기 시작한다. 앞으로 척척 걸어간다. 하지만 높은 파도가 밀려왔다. 달려나오려 했지만 피하지 못했다. 토끼오는 머리부터 흠뻑 젖는다. 수영복을 입지 않은 아꼬도 파도를 뒤집어쓴다. 팬티까지 젖었다. 티셔츠와 스커트도 젖어서 몸에 찰싹 달라붙었다. 토끼오는 큰 소리로 울기 시작한다. 반대로 아꼬는 웃음을 터뜨린다. 그러자 몸이 밝아지고 내장에까지 태양이 비쳐드는 느낌이 들었다. 토끼오는 운다. 아꼬는 웃는다. 그러나 아꼬는 둘이 똑같다고 생각한다.

—토끼오, 울지 마! 엄마가 곁에 있잖아. 바다는 무섭지 않아. 바다는 무섭지 않아!

자신에게 외치듯이 토끼오를 달랜다. 이번에는 꼭 화를 내는 것 같다. 웃는 것도 우는 것도 화내는 것도 여기서는 모두 한가지다.

(하지만 바다는 무서워. 파도는 요괴야.)

그래, 파도는 요괴다. 그리고 그 사람은 이제 이 세상에서 바다에만 서식하는 요괴를 만나러 갔다.

—아빠 어디 갔어?

아빠가 곁에 없는 것과 바다가 무섭다는 것이 관계가 있다는 듯이 토끼오는 문득 아빠의 행방을 묻는다.

남편은 늘 휙 하고 해변에서 사라져버린다. 아마도 멀리 바다 쪽으로 흘러갔을 것이다. 세 시간쯤 지났을까. 점심때 뒤로는 한 번도 해변으로 돌아오지 않았다. 아빠가 어디로 갔을까? 아꼬는 토끼오와 함께 안절부절못하고 먼 바다를 바라본다.

남편은 원래 바다를 좋아했을까. 아꼬는 아무리 생각해도 기억나지 않는다. 학창시절에 줄곧 수영부였다고 들은 적이 있다. 그래서 수영을 잘하고 좋아하는지도 모른다.

그는 지금 여대에서 국어표현이라는 과목을 가르치고 있다. 일종의 작문교실 같은 것인데, 학생들에게 글을 쓰게 하고 지도하는 일이다. 오랫동안 신문사 출판국에서 일했는데, 지금 대학에 아는 사람이 있어서 부탁을 받아 오년 전쯤 전임이 되었다.

지금까지는 학교를 쉴 때면 아무데도 나가지 않고 거의 하루종일 집 안에 틀어박혀 독서에 빠져 있던 사람이었다. 그러던 것이 삼년 전부터는 휴가 전부터 계획을 세워 바다 가까이에 숙박할 곳을 정했다. 호텔이 아니라 민박이나 펜션이었다. 묵는 사람들 대부분이 젊은이들이었다. 남편이 먼저 떠나고 아꼬와 토끼오가 뒤따라가는 경우가 많았다. 남편은 혼자서도 바다에 가고 싶어했다. 차라리 혼자가 되고 싶어하는 것 같아 보였다. 써핑은 확실히 단체로 하는 스포츠는 아니다. 바다에 가거나 돌아올 때는 사람들과 함께라도 바다 위에서는 모두 혼자가 된다.

써핑 동료라고 할 만한 친구도 없는 남편은 진정으로 고독한, 나이 많은 아마추어 써퍼다. 써퍼라고 불러도 될지, 앞으로 전망이 있는지는 잘 모른다. 어쨌든 파도에 미친 남자였다.

해변의 스피커에서는 지금 익숙한 멜로디가 흘러나오고 있다. 이어서 해변 관리탑에서 안내방송이 나왔다.

"지금 네시를 알려드리겠습니다. 튜브나 파라솔을 빌려가신 분들께서는 오후 네시 반까지 반납해주시기 바랍니다."

안내방송을 신호로 해변에 흩어져 있던 사람들이 서서히 돌아갈 채비를 하기 시작했다.

아꼬와 가장 가까운 곳에 있는 젊은 연인들도 짐과 쓰레기를 정리하고 있다. 남자가 아까부터 파라솔을 뽑으려고 끙끙댔지만 잘 빠지지 않아서 애를 먹고 있다. '나기사'라는 이름이 씌어 있는 걸 보니 아꼬와 마찬가지로 바닷가 가게에서 빌린 것이다. 그는 결국 화를 냈지만, 파라솔은 꼼짝도 하지 않았다. 짜증이 나는지 파라솔 봉에 발길질을 하고 있다.

여자는 앉아서 지켜보고 있다가 아무래도 빠지지 않자 갑자기 벌떡 일어났다. 그때 여자의 가슴이 출렁였다. 가슴은 놀랄 만큼 크지만, 팔다리와 목이 나뭇가지처럼 가늘다. 아꼬의 가슴은 딱딱하고 작다. 아주 신기한 과일을 보는 듯이 아꼬는 넋을 놓고 여자의 가슴을 보았다.

남자의 어깨와 팔과 등에는 되돌릴 수 없을 만큼 많은 문신이 새겨져 있다.

아꼬는 언젠가 잡지에서 본 '죄인들의 섬'을 떠올렸다. 남아시아에 있는 늘 여름인 그 섬은 수많은 진기한 나비들이 서식하고 있어서 그것을 잡는 일이 섬에 끌려온 죄인들에게 부과된 매일의 의무라고 기사에 씌어 있었다. 벗은 상반신이나 팔에 문신을 하고 햇볕에 검게 탄 남자들이 나비채를 들고 정글 속으로 줄지어 들어간다. 울창한 녹음, 햇볕에 그을린 남자들의 구릿빛 피부, 그리고 어지럽게 날아다니는 아름다운 나비들. 현실의 것이라고는 여겨지지 않는 사진이었다. 특히 무서워 보이는 남자의 옆얼굴 아래로는 '살인죄로 20년 형을 받고 복역중'이라고 적힌 설명이 붙어 있었다. 그들이 잡은 나비는 전세계의 수집가들을 상대로 경매에 붙인다고 한다.

남자의 문신을 멍하니 바라보고 있는데, 다시 아꼬의 귀에 안내방송이 들려왔다.

"파라솔 봉을 빼고 있는 손님, 그대로 놔두고 돌아가십시오. 잠시 후에 직원들이 해변을 돌면서 회수하겠습니다."

아꼬가 있는 이곳에서는 관리탑이 잘 보이지만, 그 안에서 누가 해변을 보고 있는지는 알 수 없다. 그러나 그곳에서는 해변을 손바닥 들여다보듯이 내다보는 것 같다. 자신에게 하는 말이라는 것을 안 남자는 부끄러운 듯이 여자와 마주 보고 웃었다.

저건 깊은 구멍이야. 여간해서는 뺄 수 없어. 저건 깊은 구멍이야. 저건 깊은……

바람이 한층 강해졌다. 입고 있는 옷이 모래 때문에 껄끄럽다. 바닷바람 때문에 살갗이 끈적거리고, 그곳에도 모래 알갱이가 들러붙어 있어서 마치 자신이 모래로 된 여자 같은 느낌이 든다.

조금만 움직이면 나는 무너져내려 해변의 모래 알갱이로 환원될 것이다. 그렇게 생각하자 마음이 편안해진다.

아꼬는 돗자리 위에 흩어진 물건들을 한쪽 구석부터 가방에 집어넣기 시작한다. 모래가 묻은 주먹밥을 먹고 배가 부른 토끼오는 지금 조용히 모래산을 만드는 데 열중하고 있다. 만든 것을 간단히 부수고, 또 만들고는 부수었다.

—토끼오, 이제 정리하자.

토끼오는 모래산을 만들던 손을 겨우 멈추고 불안한 듯

아꼬를 보았다.

—근데 아빠는 아직 안 와? 늦네.

남자아이인데도 토끼오는 가끔 여자 같은 말투를 쓴다. 친구들도 여자아이가 훨씬 많다. 토끼오는 '싸움놀이'를 싫어한다. 몸 안에서 아직 남녀가 뚜렷하게 나누어지지 않은 걸까? 그렇다면 얼마나 행복한 몸인가.

—그러게, 어떻게 된 걸까. 늦네.

바다에는 아무것도 보이지 않는다. 남편이 쓴 노란색 모자도, 떠다니는 판자조각 하나도 보이지 않는다. 보이는 것은 단지 압도적인 양의 바닷물뿐이다.

먼 바다를 가만히 바라보고 있으니 아꼬는 차츰 자신이 무엇을 기다리는지 알 수 없어진다. 그리고 생각난 것은 이상하게도 토끼오가 다니는 유치원에서 가끔 보는 한 엄마였다. 가라앉은 잔잔한 물결을 떠올리게 하는 여자였다.

일상생활에서 사람들은 대부분의 것들을 근시안으로 본다. 하지만 드물게 먼 바다를 보는 듯한 시선을 만날 때가 있다. 그 여자의 시선이 정말 그랬다. 자기 아이처럼 아주 가까이 있는 것을 볼 때조차도 물리적인 거리와는 관계없이 멀리 시선을 두었다.

그 여자의 아이는 다운증후군인데, 토끼오보다 한 해

윗반에 다닌다. 원아들과 부모들은 처음에는 호기심을 감추지 않고 장애를 가진 아이의 행동과 그 영향을 지켜보았다. 처음에는 확실히 유치원 전체가 혼란스러웠다. 하지만 지금은 아이들이 가장 자연스럽게 그 아이를 받아들이는 것 같다.

그녀를 볼 때마다 아꼬는 시원한 나무그늘에 들어간 듯한 기분이 든다. 이름도 모르고 대화를 나눌 기회도 없었다. 그저 일방적으로 아꼬가 그녀를 바라볼 뿐이다. 그녀가 장애아를 키우는 것과 그녀의 아득한 시선이 관계가 있는지는 알 수 없다. 하지만 적어도 그 아득한 거리를 두고 자신의 시선이 닿는 곳에 있는 생명을 소중히 키워나가려는 조용한 각오가 아꼬에게는 느껴졌다. 마치 그녀가 아꼬의 몸을 빌려 먼 바다를 바라보고 있는 것 같다.

그리고 아꼬는 언제부터인가 먼 바다 너머의 표적보다는 바다를 바라보는 행위에 더 깊이 사로잡힌 자신을 발견하고 조금 섬뜩했다. 멀리 있는 것만을 너무 바라봐서도 안된다. 이대로 남편을 기다리고 있는다 해도, 어쩌면 남편은 돌아오지 않을지도 모른다. 대개 무언가를 기다리고 있어도 그것이 꼭 와주는 것만은 아니다. 아꼬는 실현되지 않았던 수많은 기대와 희망을 생각했다. 그리고 일상에서 버스나 전철을 기다리면 틀림없이 오는 것이 거의 기적처럼 여겨졌다.

아꼬는 차츰 마음속으로 남편이 돌아오지 않기를 기대하고 있는 것 같은 기분이 들었다. 왜 그럴까. 인간은 항상 속으로는 모순된 것을 기대한다. 소중한 사람이 변함없이 그 자리에 있어주는 것, 그리고 그 사람이 사라져주는 것. 적어도 남편이 이곳에서 사라져버린다 해도 조금도 이상하지 않을 것만 같다. 그것은 모래가 쓸려나가고, 파도가 밀려왔다 밀려가는 것과 똑같은 현상에 지나지 않는다고 느껴지기 때문이다.

그러나 한편으로 아꼬는 온몸이 파도에 젖은 남편이 해안으로 혼자 돌아올 것을 아무런 의심 없이 믿고 있다. 그것은 믿음직한 등의 탄력에 대한 기억 때문인지도 모른다.

여기로 오기 며칠 전, 남편은 아꼬에게 바다에 대해 이야기했다. 그때의 남편도 먼 시선으로 보이지 않는 바다 쪽을 바라보면서 말을 했다. 말하는 상대가 아꼬든 아니든 전혀 상관없다는 듯이. 그것은 눈앞에 파도밖에 보이지 않는 사람의 눈빛이었다.

─해변을 등지고 바다 쪽을 가만히 보고 있으면, 멀리서 파도가 일어나서 넘실거리면서 다가오는 것이 보여. 그건 파도라기보다는 뭔가 검은 생물체 같아. 그걸 보면 섬뜩해져. 작은 파도, 큰 파도, 몇개의 파도를 지나쳐보내다 이번에 오는 파도는 타리라고 마음먹으면, 바로 몸을 해변을 향해 돌려서 그 파도를 타는 것만 생각해. 이 파도다, 하는 예감이 들기 전까지는 앞바다에서 계속 파도를 기다리는 거야. 하늘은 새파랗고 머리 위에는 하얀 태양이 있고, 그곳에서 햇살이 비처럼 쏟아져내리고. 그런 시간은 아주 좋아. 난 아직 보드를 잘 타지 못해. 스무 번에 한 번이 고작이야. 게다가 난 아직 바다의 규칙도 잘 몰라. 젊은 써퍼에게 붙들려 혼난 적도 있어. 남의 파도를 빼앗았다는 거야. 파도 하나에 한 사람만 타는 게 파도타기의 규칙이야. 그럴 수밖에 없지. 파도의 봉우리를 옆으로 옆으로 계속 미끄러져가는 거니까. 애당초 파도 하나에 한 사람밖에 탈 수가 없어. 파도에 올라탔는데 앞에 다른 사람이 있으면 위험하잖아. 그리고 파도에는 우선권이 있어. 보드 위에서 처음 몸을 일으킨 사람이 먼저야. 좁은 일본 바다에서만 그런 건지도 모르지만 말이야. 어쨌든 그런 규칙을 익힐 때까지 분했지만 젊은 놈들한테 꽤 당

했어. 지금부터 조금씩 익혀나가면 되겠지만…… 균형을 잡으면서 보드 위에 섰을 때의 그 쾌감이란 이루 말할 수가 없어. 와! 하는 포효를 나도 모르게 내지르게 돼. 그게 환희의 외침이라는 거겠지.

—위험하지 않아요? 파도에 잘 올라타지 못하면 물에 빠질 수도 있잖아?

—올라타지 못하면 당연히 파도에 휘말리지. 몸이 완전히 한 바퀴 돌아. 콧속으로 바닷물이 가득 들어오고. 솟아오른 파도는 맨 꼭대기를 바다 속으로 말아넣으면서 무너지거든.

—그래도 괜찮은 거야?

—아니, 괜찮지 않아. 죽을 것 같아. 그런데 그게 좋아. 물 위로 얼굴을 내밀고 다시 파도를 기다리는 거야. 바다 저편에서 파도가 보이기 시작하면 아, 파도가 다가오는구나, 생각하면서도 그때가 정말 엄청나게 무서워. 가끔은 내 키의 세 배쯤 되는 파도가 다가오기도 하니까. 우르릉 하는 소리를 내면서 밀려와.

—발이 바닥에 안 닿는 거잖아?

—물론이지. 발이 닿을 리가 없지. 발밑에는 항상 깊은 바다가 입을 벌리고 있어. 그런 생각에서 벗어나질 못해.

수영을 할 줄 알지만 그래도 무서워. 의식을 놓치면 그대로 바다 밑으로 빨려들어갈 것 같은 기분에 사로잡히곤 해. 두려워질 때면 바다를 초원이라고 생각하려고 애써. 이미지란 그런 거야. 발아래 펼쳐진 바다의 초원. 파도를 타는 것이 아니라 스스로 파도가 되는 거야. 내가 바로 파도야. 육지에 올라와서도 한참동안 파도가 돼 있어. 그래서 몸이 출렁거리는 걸 느끼지.

　—기가 막히네. 파도의 포로가 돼버렸어. 파도가 당신을 완전히 삼켜버렸잖아.

　—맞아, 파도는 이길 수 없어. 이런 느낌은 정말 처음이야.

　—파도는 당신에게 남자야? 여자야?

　—여자 같다고 할까, 아니 남자 같기도 해. 씩씩하면서도 부드럽거든. 여자 프로레슬러 같은 존재라고 할까?

　아꼬는 웃었다.

　—여자 프로레슬러라면 격투기? 이상한 파도네.

　—응, 파도에게 위안을 받기도 하지만, 도전하고 싶은 기분도 들어. 당신은 어떨 것 같아?

　—글쎄, 나는 어떨까.

　올여름에는 바다에 들어가지 않고 해변에만 있지만, 아

꼬는 파도에 떠다니는 쾌감을 모르는 것은 아니다. 지난 여름에는 튜브를 타고 앞바다까지 나갔다. 그동안은 모처럼 남편이 토끼오를 돌봐주었다. 바다에서 헤엄칠 생각은 전혀 없었다. 하지만 파도와 놀면서 햇빛을 맘껏 받는 것만으로도 몸에서 의미라는 독소가 빠져나가고 머릿속이 새하얘졌다. 파도는 성을 초월한, 붙잡을 수 없는 거대한 스케일의 관능적인 생물이었다.

올여름에는 남편이 써핑 영화를 보러 가자고 해서, 그런 것이 있는지조차 몰랐던 아꼬를 놀라게 했다. 한 시간 반 동안 두 사람이 젊은이들 사이에 섞여서 본 영화는 남아프리카, 캘리포니아, 하와이, 호주, 스리랑카 등지의 해안에서 오로지 파도 타는 사람만을 찍은 것이었다.

아꼬는 써핑이 단순하게 파도를 타는 스포츠가 아니라 곧 삶의 자세와도 같은 것이며, 파도라는 것은 한번이라도 빨려들어가 그것과 관계를 맺고 나면 밑바닥부터 본질적으로 사람이 바뀌어버린다는 것을 알게 되었다.

영화에 등장하는 인물은 모두 외국인뿐이었는데, 그 가운데는 예순이 넘은 노인 써퍼도 있었다. 여성도 있었다. 모두들 진정으로 행복한 표정이었다. 어쩌면 그들은 자신이 행복하다고 생각하지 못할지도 모른다. 행복하다는 것을 모를 정도로, 눈앞이 캄캄해질 정도로 행복한 것이다. 그 행복은 내면의 자신을 끄집어내고, 그들을 바라보는 사람들을 행복하게 해준다. 그래서 그것을 보는 사람들은 그들을 부러워하기 이전에 그들과 같은 감정을 맛보게 된다. 그리고 생각한다. 자신이 지금 느끼고 있는 이것은 대체 무엇일까 하고. 그리고 파도는 보는 것이 아니라 경험하는 것임을 그들의 몸을 통해 통렬하게 깨닫는 것이다.

영화는 어느 장면이나 음악이 흘렀다. 마치 파도의 무서움을 잊게 하려는 듯이. 그리고 어느 장면이나 현실보다는 조금 늦게 회전하는 것처럼 느껴졌다.

막연한 미래의 시간이 여기에는 없다. 써퍼들에게 존재하는 것은 지금이라는 순간뿐이고, 그 순간이 바다를 옆으로 깎아내면서 영원을 향해 미끄러져간다. 모든 '지금'에는 '죽음'의 물보라가 인다. 영상의 속도가 약간 느려보이는 것은 그 공포를 완화시키기 위한 것은 아닐까.

최근 몇년간 남편은 확실히 조금씩 변해갔다. 겉으로는 아주 게을러 보였다. 늘 바다에 가고 싶어했고, 바다에 가지 않을 때는 강의 준비를 하는 시간 외에는 멍하니 앉아 있는 모습도 늘었다. 그때는 뭘 생각하고 있을까? 아꼬는 짐작할 수 없었다. 바다일까 파도일까. 무엇이건간에 아주 먼 것이리라. 실제로 파도를 생각할 때도 있었다. 매일 컴퓨터로 써핑 정보를 찾았고, 오늘 파도는 허리가슴인가, 같은 말을 중얼거렸다. 파도의 높이를 말하는 표현이라고 했다.

생활습관도 변했다. 전에는 음식을 빨리 먹었지만 지금은 천천히 씹어먹게 되었고, 술을 입에 대는 횟수가 줄었다. 담배는 전부터 피우지 않았다. 아침에 일찍 일어나는 습관도 붙었다. 무얼 하나 했더니 동이 터오는 하늘을 물끄러미 바라보고 있을 때가 많았다. 아꼬가 가끔 볼 때는 베란다 의자에 앉아 있었다. 그저 멍하니 앉아 있을 뿐이었다. 아무것도 하지 않았다. 그런 시간이 많아졌다.

그런 모든 행동이 건강하다고 할 수 있을까? 아꼬는 종종 불안했다. 눈에 보이지 않는 강한 힘이 멀리서 남편을 끌어당기고 있다. 아직은 간신히 균형을 유지하고 있는 것처럼 보인다. 그러나 앞으로는 모른다. 게다가 오십 중반에 접어들어 이처럼 파도에 강하게 끌리는 사람이 사회에서 탈락하지 않고, 동떨어지지 않고 이 나라에서 제대로 살아갈 수 있을까. 주위에서 그런 사람을 본 적이 없는 아꼬는 영화에서 본 써퍼들의 미소가 이 나라의 삶의 방

식과 잘 연결되지 않아서 마음을 정리할 수 없었다.

남편은 육지에 있을 때조차 항상 흔들리는 바다에서 고정된 육지를 바라보는 사람이 되어버렸다. 바라보는 정도가 아니라 남편 스스로가 흔들리는 파도가 된 것 같았다.

아꼬는 그와 반대로 항상 흔들리지 않는 육지에 서서 흔들리면서 움직이는 바다를 불안하게 바라본다. 육지에 있건 바다에 있건 둘 사이의 거리는 같지만, 서 있는 위치는 정반대다. 보이는 풍경도 전혀 다르다. 아꼬는 흔들리지 않는 지면을 감사하게 여기는 한편으로 자신도 바다에 나가 흔들리는 파도 사이를 떠다니고 싶은 마음도 들었다. 하지만 토끼오를 생각하면 역시 자신은 바다가 아니라 해변에 있는 인간이라는 생각을 하지 않을 수 없었다.

가끔 아꼬는 물 꿈을 꾼다. 어젯밤에는 바다에 떠 있는 집에 관한 꿈이었다. 사방이 바다로 둘러싸인 가운데 아꼬 가족이 사는 집이 떠 있었다. 어느 창문에서나 넘실거리는 바닷물이 보였다. 그것밖에 보이지 않았다. 가끔씩 흔들려서 조금 불안했지만 아꼬는 무척 마음에 들었다. 영원히 그곳에서 살고 싶었다. 그러나 그럴 수 없었다. 언젠가는 이 집에서 나가야 한다. 그렇게 생각한 것은 아꼬가 지금도 남의 집에 세들어 살고 있는 탓인지도 모른다. 바다는 집을 어딘가로 계속 움직여갔다. 그러므로 바다의 집에는 주소가 없다. 날씨가 나쁠 때는 커다란 파도가 철썩이며 창문을 통해 방 안으로 들이쳤다. 그러면 방이 물에 잠겼다. 큰일이었지만 신경쓰는 사람은 아무도 없었다. 비가 걷히고 해가 나오면 물은 거짓말처럼 햇빛에 반짝이면서 빠졌다. 물이 차올랐다 빠져나가는 느린 리듬 속에서 생활하는 것이 기쁨이었다.

아, 그 리듬. 바다의 리듬. 아꼬는 꿈에서 깨어난 후에도 꿈속에서 잃어버린 것을 생각했다.

이제 해변에는 물놀이하던 사람들이 거의 빠져나가고 아꼬 일행 외에는 두세 명밖에 남지 않았다.

아침에 파라솔을 세워준 젊은 아르바이트생이 아꼬에게 다가왔다.

—이제 끝날 시간입니다. 파라솔 가져가겠습니다.

그는 아침에 했던 것처럼 삽으로 파라솔 봉 주위를 파낸 다음, 힘주어 파라솔을 빼냈다. 파라솔은 간단히 빠졌다. 동작이 빨라서 그만두게 할 수도 없었다.

—저, 아직 남편이 돌아오지 않아서요. 곧 돌아올 텐데

잠시만 더 여기 있어도 될까요?

—아, 예. 그러면 파라솔은 놔두겠습니다. 가실 때는 윗부분만 접어주세요. 여섯시에는 저희도 돌아가야 하니까요. 그 시간 이후에는 본인 책임이거든요. 이제 파도도 높아졌고 아이도 위험하니까 바다에는 들어가지 마세요.

—네, 그냥 여기서 기다리기만 할 거예요.

그는 다시 파라솔 봉을 모래 속에 깊이 묻었다.

—남편분은 수영하러 가셨나요? 아니면 써핑?

—네, 써핑보드를 들고 나가서 벌써 네댓 시간 됐는데 아직 돌아오질 않네요.

—예? 그렇게 오래됐어요? 빨간 부표 바깥으로 넘어가버리신 건 아닐까요. 먼 바다에는 해류가 소용돌이치고 있어서 거기에 말려들면 멀리 흘러가버려요. 관리탑에서도 주의깊게 관찰하고 있긴 하지만, 가끔 그런 사람들이 있어요. 조금 있으면 다섯시가 되니까, 제가 관리탑에 가서 보고하고 상황에 따라서는 해상보안서에도 연락을 해놓겠습니다. 짐을 정리하시면 '나기사'로 와주세요.

—네, 알겠습니다. 죄송합니다.

—아, 당황하실 건 없어요.

내가 지금 뭘 하고 있는 걸까, 아끼는 생각했다. 아르바이트생과 이야기하지 않았다면 이 자리에 앉은 채로 무조 건 기다리고 있었을 것이다. 아꼬는 자신의 부주의가 부 끄러웠다. 기다린다는 행위를 떨쳐버리기라도 하듯 힘주 어 일어섰다. 이상한 낌새를 챘는지 토끼오가 불안한 눈 길로 아꼬를 좇는다.

─엄마, 안아줘. 엄마, 안아줘.

아꼬는 모래밭에 맨발로 섰다. 낮에는 발바닥을 태울 것처럼 뜨겁던 모래가 지금은 미지근하게 느껴진다. 아꼬 는 모래 속에 반쯤 묻힌 샌들의 모래를 털어서 신고 토끼 오를 안아올린다.

─가자, 토끼오. 걸을 수 있겠지? 혼자서 걸어봐. 자, 엄마는 짐을 들고 가야 하거든. 가게 있는 데로 가자.

─근데 아빠는?

대답 없이 토끼오를 내려놓고 두 사람은 바닷가 가게를 향해 걸어갔다.

조금 떨어진 곳에서 몹시 뚱뚱한 백인 여자가 혼자서 한 손에 깡통을 들고 비틀거리면서 걷고 있다. 아꼬는 전 에도 그녀를 본 적이 있다. 작년에도 재작년에도 해 지는 해변을 떠돌면서 손에 빈 깡통을 들고 아름다운 목소리로 노래를 불렀다. '나기사'의 종업원에 따르면 그녀는 바닷가 근처에 사는 호주인인데, 일본에 산 지 오래되었다고 한다. 정신이 오락가락해서 해질녘이 되면 지금처럼 해변을 비틀거리면서 걸어다닌다. 손에는 꼭 깡통을 들고 있다가 사람을 만나면 "익스큐즈 미, 칠 달러만 줘, 오늘 저녁 먹을 돈이 없어" 하고 영어로 중얼거리면서 슬픈 얼굴로 구걸을 한다. 그러나 돈을 주는 사람은 없는 것 같다. 아무 소리도 나지 않는 빈 깡통이 그걸 증명해준다. 그러나 그녀의 목소리는 무척 투명하고 아름답다.

라라라라라라라 라라라라라라.

노랫소리는 부서지는 파도소리에 끊어졌다 이어졌다 하면서 아꼬의 귀에 들려왔다.

바람은 아까보다 한층 강해졌다. 가끔 구름이 걷히고 그 사이로 햇살이 비치기도 하지만, 하늘은 대부분 두꺼운 구름에 덮여 있고 해변에는 불온한 공기가 가득하다.

뚱뚱한 여자가 아꼬 곁을 지나쳐가다가 갑자기 몸을 돌려 대형버스처럼 다가왔다.

— 라 라라라라라라라. 같이 불러요. 같이 불러요.

그러고는 아꼬를 빤히 들여다보면서 가만히 말한다. "윌 유 플리즈 기브 미 쎄븐 달러즈?" 아꼬는 여자의 얼굴을 들여다본다. 눈이 무지개색이다. 문득 남편이 떠오른다. 파도 이야기를 할 때면 그 사람도 눈이 무지개색으로 변했다. 죄송해요. 아꼬는 힘없이 말하고 토끼오의 손을 쥐고 모래밭을 걸어간다. 도중에 뒤돌아보니, 여자의 풍성한 금발이 바람에 흩날리고 있다.

저쪽에서 스님 같은 사람이 다가오고 있다. 자세히 보니 '나기사'의 노인이다. 아꼬가 있는 곳으로 와서는 멈춰서서 말했다.

—당신이었구먼, 남편이 아직 돌아오지 않았다는 게.

—네.

—지금 해상보안서에서 연락이 왔는데, 먼 바다에서 표류중이던 사람 하나가 구조되었다는구먼. 확인해봐야겠지만 아마 남편분일 거요. 아무튼 저쪽에서 기다리시면 돼요.

순간, 몸에서 힘이 빠졌다. 온몸이 물에 젖은 개처럼 고개를 숙이고 있는 남편의 모습이 뇌리에 스쳤다.

노인의 목에는 목걸이가 걸려 있다. 아름다운 흰 조개껍데기에 작은 구멍을 뚫어 가는 줄을 끼운 것이다. 노인이 직접 만든 것일까. 누군가 그에게 만들어준 것일까.

이런 상황에서 남의 목에서 흔들리는 물건에 정신을 빼앗긴다는 것이 아꼬는 스스로도 이상했다.

—도와주셔서 감사합니다. 큰 힘이 되었어요. 폐를 끼쳐드려 죄송합니다.

—오늘은 파도가 잔잔한 편이라서, 우연히 경비중이던 배에 구출되었다는구먼. 운이 좋았소.

노인이 앞장서서 터벅터벅 걸어간다. 아래를 보니 맨발이다. 아꼬는 토끼오의 손을 잡고 걷기 시작했지만 자꾸만 쎈들에 모래가 들어와 잘 걸을 수가 없다.

토끼오가 칭얼거리면서 울기 시작한다.

—꼬마야, 졸리니?

노인이 물었다. 할 수 없이 아꼬가 토끼오를 등에 업자, 노인이 아꼬의 손에서 짐을 빼갔다. 아, 정말 고맙습니다. 강한 바람이 이따금 둥근 스커트를 펄럭였지만, 이젠 스커트가 말려올라가도 상관없는 기분이었다.

아꼬는 자신이 몹시 피곤하고 더러워진 여자처럼 느껴졌다. 뱃살이 조금 나온 아랫배. 부어서 퉁퉁해진 허벅지. 근육이 붙어 굵어진 팔. 온종일 바닷바람을 맞은 얼굴은 썬크림을 바른 위에 모래알이 들러붙어서 만지면 꺼끌꺼끌하고 끈적거린다. 주근깨와 기미도 그대로 드러나 있다. 햇볕에 타지 않게 신경을 썼는데도 몸 전체가 엷게 탔다.

거울이 없는 해변을 지나면서도 아꼬는 어딘가에서 그

런 자신을 무섭도록 사실적으로 비추는 커다란 거울이 있는 것만 같은 기분이 들었다. 여름 해변은 왜 이처럼 잔혹한 것일까? 자신의 계절은 벌써 끝나버렸다는 것을 안다.

등에 업힌 토끼오가 갑자기 무거워진다. 잠이 들었는지도 모른다. 토끼오의 엉덩이를 힘껏 추켜올려서 떨어뜨릴 것 같은 자세를 고친다.

등뒤에서 파도가 부서지는 소리가 들린다.

등에 실린 무게가 토끼오가 아닌 다른 어떤 덩어리처럼 느껴진다.

가게에 도착하니 아직 젊은 남자 몇이 남아 있었다. 아꼬의 모습을 보고 조금 전에 파라솔을 빼줬던 남자가 정말 잘됐어요, 하고 말을 걸어주었다.

—폐가 많았습니다.

등에 업힌 토끼오를 깨우고 의자에 앉아 토끼오를 안았다. 아빠는? 아빠는? 금방 올 거야.

—지금 배로 이쪽으로 오고 있다고 합니다. 해변에 구급차를 부를 테니, 같이 병원으로 가시죠.

젊은 남자는 무의식적으로 그러는 것인지 주어를 빼고 말했다. 빠져 있는 그 부재의 사람을 아꼬는 멍하니 머릿속에 그려보았다.

표류중에 구조되었다는 그 사람이 정말로 남편일까. 남편이라고 해도, 오전에 환희에 차서 바다로 나간 그 사람과 지금 돌아오는 사람이 같은 사람이라고 할 수 있을까?

불안해하는 아꼬 앞으로 유리컵 두 개가 날라져왔다. 노인이 그 컵에 사이다를 따른다. 톡톡 소리를 내면서 컵에 투명한 탄산수가 가득 찬다. 토끼오의 손이 곧장 뻗어나간다. 모두 말이 없다. 고맙다는 말도 나오지 않는다.

─남편분은 헤엄은 칠 줄 알죠?

한 번도 웃어 보인 적이 없는 노인이 잔잔하게 미소를 지으면서 말했다.

─네, 아주 잘해요. 저는 수영을 못하지만요.

자신에게 물어보지 않은 말까지 해버린 것을 순간 후회한다.

─대개 헤엄칠 줄 아는 사람이 물에 빠지지.

─남편은 막 써핑을 시작해서, 무척 열중해 있었어요.

─나도 옛날에 써핑을 했소. 파도타기는 매력적이야. 또 타면 되지 뭐. 목숨이 붙어 있으니까. 이번 일이 남편을 더 좋은 써퍼로 만들어줄 거요. 바다에 대해서는 바다에게 물어라,라는 말이 있소. 파도에 대해서도 파도가 모두 가르쳐주지.

그 말이 이곳에 없는 남편을 바닷속에서 건져올려준 것 같았다.

어떤 파도보다도 중량감이 있는, 흠뻑 젖은 검은 파도 하나가 곧 아꼬와 토끼오 앞으로 돌아올 것이다. 쇠약해 져 있을 그 파도를, 다시 한 번 저 반짝이는 여름바다로 돌려보내주고 싶었다.

이런 일로 기가 죽지 말았으면. 아꼬는 처음으로 남편 이 몹시 그리워졌다. 바다에서 구조된 무력한 남편. 그래, 꺾이지 말고 다시 파도를 타면 된다. 마음을 북돋워주는 듯한 뜨거운 감정이 솟아올랐다. 그때 주변이 갑자기 어 두워졌다. 태양이 바다로 가라앉았나?

누군가 찰칵 불을 켰고, 아꼬는 지금까지 자신이 꽤 오 랫동안 어두운 곳에 있었음을 알아차렸다. 토끼오는 얌전 하게 의자에 앉아 발을 흔들면서 천장을 노려보고 있다. 커다란 나방 몇마리가 붙어 있다. 지저분한 벽에는 시간 표가 붙어 있다. 하루하루의 일출과 일몰 시각이 적힌 것 이다. 일출 시각은 점점 느려지고 일몰 시각은 점점 빨라 진다. 가을이 오는 것이다. 그리고 겨울이. 오늘의 일몰 시 각은 18시 16분. 손목시계를 들여다보니 이미 한참이 지 나 있었다.

파도가 부서지는 소리 사이로, 드디어 구급차의 싸이렌 소리가 들려왔다. 저걸 타고 가겠지, 아꼬는 생각한다. 아꼬의 사이다까지 다 마신 토끼오는 평소에 가장 좋아하던 구급차의 싸이렌에 귀를 쫑긋 세우고 있다. 설마 자신이 저 차를 탄다고는 생각하지 못하고 있을 것이다. 하지만 아직 도착하지 않은 사람이 있다. 정말로 이곳에 돌아올 수 있을까? 딱딱하게 굳어서가 아니라, 살아서 걸어 돌아올 수 있을까? 캄캄한 바다를 바라보고 있으면 누군가의 시체가 해변에 밀려올라오기를 오래 기다리고 있다는 착각에 빠진다. 올라올 예정인 그 굳어진 덩어리가 아꼬는 '자신'인 것만 같았다. 그리고 부재중인 남편은 캄캄한 어둠이 덮인 바다 위에서 묘비처럼 얼굴을 쑥 내밀고 해변 쪽을 말없이 바라보고 있을 것만 같았다.

그때, 도착했다! 하고 외치는 소리가 들려왔다. 구급차 쪽이었다. 싸이렌이 그치고, 아꼬는 토끼오와 함께 해변으로 나갔다. 배는 아직 오지 않고, 검은 파도가 밀려왔다가는 멀어질 뿐이었다.

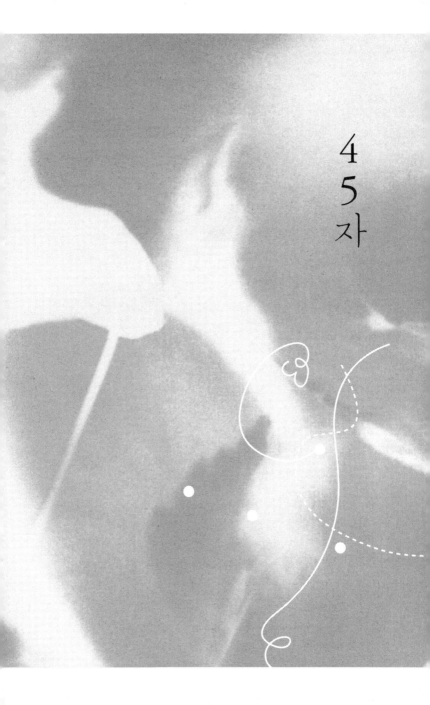

45
자

"엉덩이를 덥히고 있네."

부드러운 목소리에 눈을 떴다.

여자였다.

누구인지 모르겠지만, 말끝이 부드러운 그 말투가 어렴풋이 어디선가 들은 기억이 있다. 그 목소리가 끊기는 것을 아쉬워하면서 오가따는 눈을 감은 채 여운에 잠겼다. 목소리의 꼬리를 잡고 싶다. 잡아서 이쪽으로 잡아당기고 싶다. 그렇게 생각했을 때, 갑자기 밖에서 들려온 소음 때문에 꿈의 영역은 오그라들면서 사라져버렸다.

"고장난 컴퓨터, 씨디, 라디오, 카쎄트, 텔레비전, 스테

레오, 뭐든지 공짜로 가져갑니다. 공짜로 가져갑니다. 공짜로 가져갑니다."

아파트 벽이 얇아서 마치 길바닥에서 자는 것처럼 바깥 소리가 선명하게 들린다.

여자의 목소리는 증발해버렸다.

아마 오늘은 일요일일 것이다.

일을 그만두고 나서는 요일이 없어졌다. 텔레비전도 없고 신문도 받아보지 않아서 오늘이 며칠인지 모른다. 하지만 그 폐품수집업자의 목소리가 동네를 도는 것은 일요일로 정해져 있다.

언젠가 오가따가 그 목소리에 이끌려 고장난 카쎄트라디오를 가져갔더니 위협적인 목소리에 눈매가 음침해 보이는 중년 남자가 물건을 받았다. 스피커의 개방적인 목소리와는 전혀 딴판이어서 오가따는 몹시 놀라며 그 차이에 당황했던 기억이 있다.

폐품수집차량의 스피커 소리가 차츰 멀어져가자, 이번에는 동네 개구쟁이들이 나타난다. 그 가운데 한 아이가 큰 소리로 외친다.

"엉덩이를 가져갑니다. 엉덩이를 가져갑니다. 엉덩이를 가져갑니다!"

깔깔깔깔 아이들의 웃음소리가 들린다. 공짜로 가져갑니다,라는 말을 엉덩이를 가져갑니다,라고 바꿔 말하는 그 착상이 무척이나 기발하고 재미있다는 듯, 그들의 웃음소리는 신이 나 있다. 그래, 기발하군, 하고 오가따도 속으로 생각하면서 이불 속에서 소리내지 않고 웃는다.

명랑하고 떠들썩한 목소리가 어지러이 퍼져가는 길거리. 그곳에서 벽 하나를 사이에 두고 오가따는 버려진 듯 잠들어 있었다. 그 현실을 이제야 알아챘다는 듯, 눈을 반짝 뜨고 천장을 보았다.

작은 집거미가 기어다니고 있다. 오가따는 거미를 죽이지 않는다. 파리와 바퀴벌레는 죽이지만 거미를 눌러죽이는 건 꺼렸다. 게걸음을 닮은 거미의 움직임을 눈으로 좇고 있으니, 사라진 여자 목소리가 다시 돌아와 천장에서 오가따의 몸 위로 내려온다.

'엉덩이를 덮힌다'라고 여자는 말했다. 그 목소리를 언젠가 들은 기억이 있다. 목소리 주인의 얼굴이 생각나지 않는다. 애가 탔다. 어디서 만났지? 약간 끈적이는 듯한 그 말투.

이불 속에서 다시 눈을 감고 목소리의 정체를 더듬어간다. 찰칵, 하고 열쇠로 문을 여는 소리가 들린다.

맞아, 그래. 사꾸라다의 목소리야.

사꾸라다라는 고유명사가 덩어리가 되어 불쑥 튀어나왔다. 고양이가 몸속에 뭉쳐 있던 털뭉치를 토해내듯이. 그 덩어리를 이불 속에서 오가따는 소중한 것인 양 되새긴다.

중학교 삼년 동안 딱 한 번, 육상대회에서 보결선수가 된 적이 있다. 선수가 아니라 보결이었다. 조금 빠르기는 하지만 아주 빠르지는 않았다는 것이다.

오가따는 달리기를 좋아했다. 경쟁에는 흥미가 없었지만, 육상경기는 무척 좋아했다. 단거리든 장거리든 다 좋아했고 허들에도 푹 빠져 있었다. 장애물이 있고 그것을 뛰어넘는다는 것, 그것만으로 완전히 매료되었다. 리듬을 타고 자세가 정해지면 파도를 타는 듯한 쾌감이 있다. 반대로 리듬이 무너지면 정강이나 복사뼈가 허들에 부딪혀 몹시 아프지만, 등뒤에서 허들이 쿵쿵 쓰러지는 소리를 듣는 것도 좋았다.

더욱이 허들을 쓰러뜨리는 것 자체는 경기를 계속하는 데 아무 문제가 되지 않는다. 처음에는 그것을 실패라고 생각했지만, 잘못 알았다는 것을 나중에 깨달았다. 허들

경기에서는 장애물을 우회하지 않고 뛰어넘는 것이 유일한 원칙이다. 쓰러뜨리는 것은 규칙위반이 아니다. 선수 중에는 시간을 늘리기 위해 일부러 아슬아슬하게 뛰는 사람도 있다. 당연히 허들에 닿아 차례차례 쓰러뜨리고 가는 꼴이 되지만, 그걸 상관하지 않고 완주하는 모습에는 상쾌한 패자의 멋이 있다.

뛰어넘는 장애물은 나무판에 지나지 않지만, 오가따는 자기 자신을 차례차례 뛰어넘는 듯한 느낌이 들어서 결승선에 들어왔을 때는 항상 가슴이 벅찼다. 머릿속이 기쁨으로 가득 차 새하얘졌고, 다리가 둥실둥실 뜨는 것 같았다. 확실히 자신의 일부분이 달라진 것 같았다.

그것은 중학교 3학년 때였다.

교내 예비심사에 나가보라는 체육선생님의 권유를 받고 오가따는 육상 전종목에서 기록을 측정했다. 하지만 전학년에서 선발된 멤버들이 모이고 보니, 반에서는 특출했던 오가따도 학교 대표로 뽑히기에는 역부족이었다. 하지만 전혀 불가능한 것도 아니어서, 결국 보결선수로 대회에 나가게 되었다.

대회에서는 각 학교의 대표선수들이 모여 올림픽처럼 개인과 단체로 나누어 실력을 겨루었다.

그날은 쾌청한 날씨였다. 오가따는 경기장에 있었지만, 모든 것이 자신과는 무관하게 진행되고 있었다. 경기 출전은 생각하지 않았고, 또 나가고 싶지도 않았다. 자신이 출전한다는 것은 누군가가 나가지 못한다는 것이고, 그 누군가가 다치거나 사고가 생겼다는 것이다. 자신이 출전한다는 것이 그런 일과 맞물려 있다는 사실에 마음이 편치 않았다. 만일 출전한다 해도 어떤 태도를 보여야 할지 오가따는 알 수 없었다.

출전할 가능성을 의식적으로 지워버린 채, 오가따는 돗자리에 앉아 있었다. 운동회처럼 학교별로 돗자리가 깔려 있고, 대기하는 선수들은 거기에서 쉬고 있었다.

'대기'라는 말을 온몸으로 겪어본 것은 그날 하루뿐이었다. 그 하루가 지금 이불 속에서 되살아났다. 푸른 잔디 냄새처럼 강렬하게.

무엇을 보고 있었는지는 기억이 없다. 여기저기서 여러 경기가 동시에 진행되고 있었다. 멀리뛰기, 장대높이뛰기, 단거리, 중거리, 장거리, 그리고 허들. 오가따는 그 모든 종목을 겸한 단 한 명의 보결선수였다.

스타 선수 중에 야마다라는 아이가 있었다. 야마다는 모든 종목에서 인기가 있었다. 그날도 탁월한 기록을 냈을 것이다. 야마다는 오가따의 앞을 바쁘게 오갔다. 언제나 목표가 있었고, 그곳을 향해 달려갔다.

여자선수 중에는 미쯔하시라는 아이가 있었다. 긴 팔다리와 가느다란 몸, 큰 눈. 체육도 공부도 뭐든지 잘하는 우등생 미쯔하시. 단발 앞머리를 반짝이는 핀으로 고정시키고 다녔다. 이마 한가운데에 그 핀이 있었다. 그 위치가 좀 이상했지만, 그것을 기억하는 오가따가 더 이상할지도 모른다. 남자들은 모두 미쯔하시를 좋아했다. 그 미쯔하시도 야마다와 마찬가지로 그날 태양 아래서 보통 때보다 훨씬 빛났다.

모두들 오가따가 그곳에 없는 것처럼 지나다녀서 오가따 자신도 그곳에 없는 듯한 기분이 들었다. 보결이란 보이지 않는 존재를 뜻하는 것이었다. 오가따는 그저 이상한 덩어리가 되어 쨍쨍 내리쬐는 태양 아래 그늘에도 들어가지 못한 채 앉아 있었다.

그때 사꾸라다가 다가왔다.

"오가따, 오늘은 대기구나. 오늘은 엉덩이를 덥히고 있네."

엉덩이를 덥히다니 이상한 말이라고 지금에야 오가따는 생각한다. 그때도 그 말이 어색하게 들렸는지도 모른

120

다. 그래서 지금까지 기억하고 있는지도 모른다. '벤치를 덥힌다'라는 말은 있다. 그러나 그때 사꾸라다는 그렇게 말하지 않았다. 기억하는 단어는 엉덩이였다. 이십년이 지나, 그 말이 오래 쌓인 먼지처럼 불쑥 꿈속에 나타났다.

오직 한 사람, 사꾸라다에게만 오가따가 보였던 것일까. 그녀는 분명 장거리 선수였을 것이다.

그 말만 남기고 사꾸라다는 바로 일어나서 가버렸다. 오가따는 아무 대답도 할 수 없었다.

그저 그것뿐, 그것뿐인 기억.

오가따는 사꾸라다에게 호감이 가지 않았다. 못생긴 얼굴에 가느다란 눈은 사시였다. 피부가 검고 말이 없는데다 웃는 얼굴을 보인 적도 없어 답답한 느낌이었다. 모두들 사꾸라다를 이상한 아이라고 생각했다.

하지만 달리기만은 뛰어났다. 특히 장거리 달리기는 압도적이었다. 해마다 열리는 교내 마라톤대회에서는 삼년 연속 우승했다. 그런데도 교실에서는 인기가 없었다. 그녀는 언제나 혼자였다.

어쩌면 그때 사꾸라다는 나를 좋아했던 게 아닐까. 그 때늦은 생각이 지금 오가따를 향해 계시인 양 뿌려진다. 오가따는 일어나서 이불 위에 앉았다. 오가따는 돗자리

위에 앉아 있었다. 주위에는 초여름 바람이 불고 있었다. 그리고 오가따는 엉덩이를 덥히고 있었다.

덥힌다는 것은 비유였지만 그 비유는 어느 틈에 사실로 바뀌었고, 오랜 시간이 지난 지금 오가따는 아스라한 온기를 엉덩이가 아닌 심장 부근에서 느끼고 있다.

사꾸라다는 보결이라는 오가따의 입장을 극히 이성적으로 대한 것이다. 너는 보결, 나는 선수. 거기에는 우월감도 동정의 감정도 보이지 않았다. 그것이 그때 또렷이 오가따에게 전해졌다. 오가따는 사꾸라다를 마음이 따뜻한 여자라고 느꼈지만, 그것은 지금 회상 속에서 생각하는 것이었다. 당시 자신이 사꾸라다를 그렇게 생각했는지는 알 수 없다.

하지만 사꾸라다는 분명 보결과 같은 기분을 언제 어디선가 느낀 적이 있었을 것이다. 그래서 오가따라는 사각지대가 보였을 것이다.

사꾸라다의 목소리에 위안을 받아, 투명하게 존재했던 당시의 자아가 뚜렷한 윤곽을 띠고 오가따 안에서 떠오른다. 그날 하루, 나는 분명 아무것도 하지 않았다. 하지만 아무것도 하지 않는다는 훌륭한 행위를 한 것이 아닌가. 이십년이 지난 어느 아침에 과대망상처럼 그런 생각에 빠진다. 그래, 난 보결선수일 뿐이야, 하고 스스로 마음을 다지면서 푸른 하늘 아래 온종일 출전하지 않고 앉아 있던 그 하루가, 생각하면 할수록 기뻤다.

요꼬야마와 만난 것은 언덕길에서였다.

오가따는 언덕을 내려가고 있었다.

공공직업소개소에서 돌아오는 길이었다. 요꼬야마는 귀가중이었고, 막 언덕을 오르려던 참이었다. 먼저 알아차린 쪽은 오가따였지만 요꼬야마도 오가따를 물끄러미 보던 중이었다.

"야, 오가따."

"요꼬야마."

토오꾜오에 온 지 오년 만에 갑자기 고향 친구를 만났다. 그것도 번화가에서 조금 떨어진 언덕길이라는 불안정한 장소에서. 거의 사고와 같은 충돌의 놀라움이 반가움보다 먼저 다가왔다.

요꼬야마를 생각한 적은 한 번도 없었다. 하지만 얼굴을 본 순간, 그의 이름이 입에서 미끄러지듯 흘러나왔다. 그가 먼저 오가따, 하고 불러주었기 때문일까.

사꾸라다의 목소리가 꿈에 나오고 일주일 뒤의 일이었

다. 요꼬야마는 오가따가 중학교 3학년 때 같은 반이었다.
같은 반에 사꾸라다도 있었다.

(며칠 전에는 사꾸라다였는데, 오늘은 요꼬야마라니.)

꿈속의 사꾸라다가 요꼬야마를 이끈 것일까.

언덕길에 서서 이야기를 했다.

"요즘 뭐 해?"

요꼬야마가 갑자기 물었다.

직구다. 오가따는 그런 질문을 하지 못한다. 자신은 할
수 없지만 질문에는 대답한다.

"아무것도, 아무것도 안해."

말해놓고 나서 오가따는 후회했다. 요꼬야마가 흠칫 놀
란 얼굴로 눈을 피해서였다.

오가따가 가업인 전파상을 이은 것은 아직 아버지가 건
강하시던 십년 전이었다. 그러나 오년쯤 하고는 결국 그
만두었다. 장사가 잘 맞지 않았고 벌이도 시원찮았다. 가
게를 그만뒀을 때는 이미 부모님이 세상을 떠난 뒤였다.
가게를 물려받고 얼마 지나지 않아 아버지의 대장암이 발
견되었다. 몇년 동안 투병 끝에 아버지가 돌아가신 뒤, 건
강하게 버티던 어머니가 스트레스 때문인지 갑자기 지주

막하출혈로 급사했다. 외아들인 오가따는 서른에 갑자기 혼자 남겨졌다.

전파상도 열심히 하면 그런대로 재미있을 거라고 생각하고 의식적으로 노력한 적도 있지만, 억지로 다짐하면서 일을 해나가야 한다는 것 자체가 오가따를 좌절시켰다. 차라리 분발하지 않는 게 더 나았다. 어쩌면 아버지도 자신과 마찬가지로 열정없이 일을 해온 건 아닐까. 그것을 견디는 동안 자신의 뜻을 잃어버린 건 아닐까. 그런 생각도 해봤지만 아무래도 아버지와 똑같은 삶을 살 수는 없었다.

그리고 토오꾜오로 왔다. 일년쯤 아르바이트로 버틴 다음 사년간 택배 일을 했다. 그러나 그 일도 얼마전에 그만두었다. 아침일찍부터 밤늦게까지 일했다. 허리를 다쳐 일이 더욱 힘들어진 때문이었지만, 그만두고 나서 지금은 조금 후회하고 있다.

자신은 "감사합니다"라고 말했다고 생각하지만, 남의 귀에는 "감삽니다"라고 들릴 만큼 그 일에 익숙해졌을 때였다. 배달을 간 아파트의 아이들이 감삽니다, 감삽니다, 하고 떠드는 소리를 듣고, 자신의 말투를 따라하는 것임을 알았다.

일의 내용은 단순했다. 전표를 정리해서 맡은 지역의 집들을 차례차례 돌아다니다보면 하루가 저물었다. 아침에 트럭에 실은 짐이 차츰 줄어들어 마지막에는 부재중인 화물 몇개만 남고 차 안이 텅 빈다. 그것을 보면 아주 기분이 좋다. 일이 끝나면 아파트로 돌아와 피곤한 몸을 짐처럼 내던진다. 그럴 때면, 하루종일 옮기던 것이 실은 나라는 짐이 아니었을까 하는 생각이 자주 들었다.

"넌 어떻게 지내?"

이번에는 오가따가 물었다.

"회사가 싫어져서 직접 차렸어."

굉장한 모순이군. 그 말을 들으면서 오가따는 이상하다고 생각했지만, 요꼬야마의 얼굴이 진지해서 웃을 수가 없었다.

"어떤 회사?"

"편집회사."

"편집이라면, 어떤 일인데?"

"출판사의 하청으로 책이나 팸플릿 같은 걸 만드는 거야."

그러고 보니 옛날 일이 떠올랐다. 요꼬야마가 교지에 하이꾸(俳句)와 탄까(短歌)를 발표한 적이 있었다. 내용까지는 기억하지 못한다. 다만 그런 것을 쓰는 소년이었다는 인상이 남아 있다. 또 요꼬야마는 책읽기를 좋아해서 학교의 독서감상문 대회에서 늘 상을 받았다. 오가따는 독서감상문을 잘 쓰지 못했다. 책읽기나 글쓰기를 싫어하지는 않았지만, 늘 책을 읽기만 했다.

"그러고 보니, 넌 책을 참 좋아했지?"

체구가 작고 무척 똑똑해 보이던 중학교 시절 요꼬야마의 흔적을 지금의 얼굴에서 찾으면서 말한다.

"꼭 우리 친척 아저씨처럼 이야기하네."

요꼬야마가 웃으면서 그렇게 말하자, 웃는 얼굴에서 중학교 때의 요꼬야마가 보였다.

"바빠?"

"응, 바빠."

"몇명이서 일하는데?"

"나 혼자."

"혼자는 힘들지 않아?"

"응, 힘들어. 그런데 너, 지금 혼자 살아?"

"독신이냐고?"

"그래."

"쭉 혼자 살아."

"그렇군. 그리고 지금 일이 없는 거지?"

"응."

"그러면 좀 도와주지 않을래?"

"뭐? 편집 일을?"

"응, 편집 일."

"내가 할 수 있겠어?"

"그럼, 나도 하는걸. 바로 얼마전에 사람 하나가 그만뒀
는데 붙잡질 못했어. 쭉 그 녀석과 둘이서 해왔는데 말이
지. 할 수 없이 지금은 아내가 도와주고 있어. 제발 다른
사람을 찾을 때까지만 도와주지 않을래? 그때까지만."

"알았어. 그렇게 할게."

일의 내용에 대해서는 아무것도 몰랐지만 오가따는 선
선히 승낙했다. 너무 쉽게 승낙하는 오까다에게 요꼬야마
는 내심 놀랐지만, 누구라도 손을 빌려야 할 판이어서 필
사적이었다.

"좀 오래 걸리는 일이야. 미안하지만 바로 우리집에 와
서 지내지 않을래? 언제 끝날지 잘 몰라. 의식주는 내가
책임질게. 아무튼 부탁한다."

"뭐, 네 집에? 집에 가져가서 하면 안되는 거야?"

"안돼. 적어도 처음에는."

"그렇군."

"교정지가 계속 들어와. 계속해서. 너한테 전해줄 시간조차 아까울 정도야. 네가 우리집에 와 있어주면 크게 도움이 될 거야. 내가 바로 가르쳐줄 수도 있고. 아니, 가르친다는 건 오만한 말이지만."

"뭘. 모르는 일이니까 가르쳐줘야지."

"네가 우리집에 와 있으면 세세한 부분까지 조정해가면서 할 수 있을 거야."

"알았어."

이렇게 해서 오가따는 그날부터 요꼬야마의 집에서 지내기로 했다.

십분 정도 걸린다는 요꼬야마의 집까지 걸으면서, 요꼬야마는 자신이 어떻게 지내는지 간단히 이야기했다. 사무실을 얻을 돈이 없어서 지금은 일단 집에서 일한다는 것, 지난해 결혼했다는 것, 들어오는 일은 가리지 않고 모두 맡는다는 것, 아직 아이가 없다는 것, 최근에는 너무 바빠서 잠을 만족스럽게 자지 못했다는 것.

도중에 두 사람은 슈퍼마켓에 들렀다.

평일인데도 차 몇대가 좁은 주차장이 비기를 기다리면

서 서 있었다. 가게에 들어서니 휑하니 넓었다. 다른 가게보다 비싼 물건이 있으면 알려주십시오. 어느 곳보다 싼 가격에 판매합니다. 그런 문구가 가게 곳곳에 붙어 있다.

"먹을 걸 좀 사가자. 너도 살 게 있으면 바구니에 담아."

요꼬야마는 익숙한 손놀림으로 카트에 바구니를 싣고, 그것을 밀면서 좌우를 두리번거린다. 잡화에서 식료품까지 무엇이든 갖춰져 있다.

"꼭 합숙하는 것 같네."

"이왕 하는 거니까 재미있게 해야지."

그렇게 되지는 않을 것이라는 건 알고 있지만, 오가따는 기뻤다.

요꼬야마는 가장 먼저 입구 근처에 산더미처럼 쌓인 에비스 맥주를 한 상자 바구니에 담는다.

"여기 오면 무심코 이것저것 사게 돼. 배는 부른데 공복감을 느낀다고나 할까. 너도 필요한 게 있으면 담아."

"난 컵라면을 잘 사먹는데, 넌 이제 인스턴트 음식 같은 건 먹기 싫겠지?"

"넌 아직 그렇겠구나. 난 결혼하고부터는 먹지 않아."

"그래도 오랜만에 먹어보는 건 어때? 이 라면 맛있어."

"그럼 두 개 넣어. 아니 세 개."

허락을 받은 오가따는 라면 세 봉지를 던져넣었다. 그러자 자신이 갓 결혼한 여자 같은 생각이 들었다.

"너 그런 것만 먹으면 얼마 못 산다."

"그런 얘기가 많지만, 사람은 그렇게 쉽게 죽지 않아. 골초 부모에게서 태어난 아이가 오히려 암에 잘 걸리지 않는다잖아."

"바퀴벌레 같군. 점점 내성이 생기는 거잖아."

"정크 푸드만 먹으면 뼈는 물러지지만 이상한 생명력이 생겨."

"그거, 네 지론이지?"

"지론이라기보다는 내 이야기야."

"이상한 생명력이라는 게 뭔데?"

"번쩍번쩍 빛이 나. 번쩍번쩍."

"편의점 형광등 같군."

"맞아, 그래. 뼈가 윙윙거리면서 하얗게 빛이 나. 전에 전파상을 했던 내 느낌으론 그래."

"아 그래, 아버지 가게를 물려받았구나."

"지금은 그만뒀어."

"아버님은?"

"예전에 돌아가셨어. 어머니도."

요꼬야마도 오가따도, 어딘가 온기가 있어 보이는 노란
색 빛을 갖고 싶다고 생각했다.

그러고 나서 두 사람은 과자코너로 갔다.

오가따는 카레 센베이와 카카오 98퍼센트라고 쓰인 초
콜릿을 집었다. 하지만 요꼬야마가 떨떠름한 표정을 지어
서 도로 내려놓았다.

"그건 맛이 없잖아. 달지 않은 초콜릿은 초콜릿이 아니
야. 하지만 초콜렛은 나쁜 선택이 아니지. 우리가 지금부
터 하는 일에는 조금은 단것이 필요해. 단것이 뇌의 피로
를 풀어주거든. 밤늦게까지 글자를 보고 있으면 머리가
이상해져. 그래서 단것을, 굉장히 단것을 찾게 돼."

요꼬야마는 아이처럼 과자 진열대를 서성인다. 이 녀석
뚱뚱해지겠군. 그렇게 생각하고 보니, 요꼬야마는 이미
배가 나와 있다.

오가따는 몸이 탄탄한 편이다. 햇볕에 타서 단단하고
긴장감있는 젊음이 몸 전체에 남아 있다.

두 사람은 이어서 낫또오와 두부, 자몽, 그리고 구워 파
는 꼬치 따위를 차례차례 담은 다음 카운터 앞에 섰다. 바
구니 안에는 어느새 물건이 산더미처럼 쌓여 있었다. 괜
찮아, 신경쓰지 마, 내가 다 낼게. 그러고는 요꼬야마가 계

산했다.

이 슈퍼에서는 싼 가격을 유지하기 위해 비닐봉지를 주지 않는다고 했다. 손님들은 모두 장바구니를 들고 있었다. 그것을 잘 아는 요꼬야마는 청바지 뒷주머니에서 비닐로 된 가방을 꾸역꾸역 꺼내 물건을 차곡차곡 넣었다. 무거운 것은 아래에 넣고 과일과 날것, 가벼운 것은 찌그러지지 않게 위에 담았다.

"요령있게 잘 담네."

"그래?"

"카운터에서 일해도 되겠어."

"고마워."

비닐 가방이 가득 차서 열 개들이 계란 한 팩은 도저히 들어가지 않았다.

"내가 들고 갈게. 짐 드는 건 익숙하니까."

"아냐, 내게 들게."

"아냐, 내가 들고 갈게. 넌 그 삐져나온 것만 들면 돼."

아줌마들처럼 서로 흥정을 하다가 결국 가방은 오가따가 들었다. 어깨에 메니 묵직했다. 맥주가 무거워, 미안해, 하고 요꼬야마는 계란을 양손으로 조심스럽게 들면서 말했다.

"지금부터 해야 하는 일은······"

슈퍼를 나와 걷기 시작했을 때, 요꼬야마가 말했다.

"미술 전집이야."

작은 사륙판 싸이즈의 미술책인데 모두 합해서 삼십권 정도라고 했다. 가볍게 손에 들고 미술관에 갈 수 있는 콘셉트의 책이라는 것이다. 오가따가 처음 듣는 용어가 많았다. 모두 이해하지는 못했지만 그냥 듣고 있었다. 삼키듯이.

"말하자면, 명화감상을 위한 간단한 입문서야. 그리고······"

"응."

"작업이 밀려 있는 건 캡션이야."

"그게 뭔데?"

"그림 밑에 들어가는 짧은 설명이야. 그걸 네가 써줬으면 해."

"쓰다니, 창작이야?"

"맞아, 창작이지. 하지만 짧아. 자료도 많이 있고. 너 작문 잘했잖아."

"그건 너였지. 게다가 그거랑 이건······"

"난 좋아했어."

"뭘?"

"네가 쓴 글 말이야. 한자대회에 출전했던 경험을 전에 쓴 게 있었잖아."

"그런 적이 있었나? 잘도 기억하네."

"네 글에는 생동감이 넘쳤어. 유머도 있고, 정말 재미있었어. 난 기억하고 있지. 어디 문집에 실려서 남아 있을 텐데."

그런 걸 남겨둘 오가따가 아니다. 그리고 그 글에 대한 기억이 없었다. 요꼬야마가 다른 사람과 혼동하고 있는 건 아닐까 싶었지만, 요꼬야마가 그렇게 믿고 있다면 오가따도 믿고 싶었다. 오가따는 누군가의 선망의 대상이 되어본 적이 예전에도 지금도 단 한 번도 없었다.

"넌 네 성공담은 한 줄도 쓰지 않았어. 참혹했다,라고 비참한 이야기만 썼지. 그게 참 좋았어. 쎈스가 있어. 대회에서 나온 어려운 한자의 예도 들면서, 자, 이 한자는 어떻게 읽을까요? 하는 부분도 있었어. 프로 같았지. 프로 에쎄이스트."

요꼬야마는 그 글을 바로 어제 읽은 것처럼 칭찬했다. 프로 에쎄이스트란 말에 어딘가 가시가 있는 것 같아, 오가따는 요꼬야마의 속마음을 확인하고 싶은 생각에 그의 얼굴을 찬찬히 훑어보았다. 요꼬야마는 왠지 즐거운 표정이었다.

"괜찮아. 할 수 있어. 너에게 딱 맞는 일이야."

그러고도 몇번이고 괜찮다는 말을 했다.

"일이 많아서 요 며칠 동안 거의 밤을 샜어. 네가 와주면 한시름 놓을 것 같아."

그렇게까지 말하는데 거절할 수도 없는 노릇이었다.

도착한 곳은 고급 아파트였다. 공용 현관 입구에는 열쇠구멍이 달린 잠금장치가 있었다. 요꼬야마는 부스럭대며 몸을 뒤져 열쇠를 찾는 듯하더니, 찾지 못했는지 집 번호를 눌렀다.

"난데, 열쇠를 못 찾겠어. 문 좀 열어줘."

인터폰에서 응, 하고 여자의 목소리가 들렸다. 목소리가 상냥하게 느껴지지는 않았다. 벨이 울리고 현관문이 바로 열렸다.

"좋은 집이네."

"조용한 게 장점이야. 집세는 비싼 편이지. 사고 싶지만 계약금이 없어. 지방에서 올라와 토오꾜오에서 집을 갖는다는 게 쉽지 않아."

"그래, 맞아."

"결혼 전에는 돈 벌어서 집세 내면 끝이었지. 아직도 그래. 토오꾜오의 부모 밑에서 편하게 사는 놈들이 미워질 때가 있어. 녀석들은 적어도 살 집은 걱정없잖아. 그래서 그런 녀석들은 얼굴이 물러 보여. 남자든 여자든."

집세를 말할 때 요꼬야마의 얼굴은 도깨비 같았다.

삼층이었다. 308호.

문을 열었다.

현관에 사꾸라다가 서 있었다. 어? 사꾸라다. 한순간 생각했지만 설마 하고 털어버렸다.

사꾸라다와 많이 닮았지만 다른 여자겠지. 화장을 하지 않은 얼굴은 주근깨투성이지만 가느다란 눈이 요염해 보인다. 파마한 머리가 얼굴 절반에 매력적인 그늘을 만들고 있다. 그늘이라고 하면 사꾸라다도 어두운 여자였지만, 눈앞의 여자는 어딘가 연기 같은 존재감이 있다.

"어, 손님이네."

여자는 요꼬야마에게라기보다 현관의 공간 전체를 향해 말했다.

"안녕하세요."

오가따는 고개를 숙였다.

"오가따야."

요꼬야마가 그렇게 말하자 여자가 뭐? 하고 고개를 돌렸다.

그 순간 모든 의혹이 얼음 녹듯이 풀렸다.

"아!"

둘은 동시에 소리를 질렀다.

"저 혹시,"

"오가따니?"

"그래, 오가따라니까. 아까 우연히 저기 언덕길에서 만났어. 이 녀석이 일을 도와주기로 했어."

그런 다음 요꼬야마는 오가따를 향해 말했다.

"사꾸라다하고 결혼했어. 놀라게 해서 미안해. 기억 나?"

"아, 그랬구나. 정말 사꾸라다구나. 정말 놀랐어. 갑자기 사꾸라다가 서 있어서."

오가따는 이제야 간신히 알아차리고 말했다.

"정말이구나. 오가따였네. 난 몰라봤어."

"오가따는 옛날부터 멋졌지."

요꼬야마가 그런 말을 잘하는 친구는 아니었다는 생각

이 드는데다, 당시의 자신을 요꼬야마가 멋지다고 생각했다는 것이 도저히 믿어지지 않았다. 어색한 느낌에 오가따는 입을 열지 못했다.

"쑥스러운 모양이네."

사꾸라다가 말했다. 오가따는 말없이 아래만 내려다보았다. 커다란 바퀴벌레가 뒤집혀 있었다.

"아, 바퀴벌레."

"아, 잡는다는 걸 잊어버렸네."

그렇게 말만 하고 치우지는 않고 있었다. 바퀴벌레는 세게 맞아서 왼쪽이 찌부러졌지만 오른쪽은 아직 살아 있었다. 들어올린 다리가 부르르 떨렸다.

"아직 살아 있어."

"뭐? 뭐가?"

"바퀴벌레."

반쪽만으로도 산다. 무서운 생명체다. 오가따는 신경이 쓰여 빨리 치웠으면 하고 생각하면서 계속 물끄러미 내려다보고 있었다.

"자, 어서 들어와. 밋짱, 잘됐네, 오가따가 와서."

사꾸라다는 기쁜 얼굴이었다. 오가따는 반쯤 죽은 바퀴벌레에 신경이 쓰이면서도 사꾸라다의 웃는 얼굴에 넋을 잃었다.

그리고 바퀴벌레는 그대로 놔뒀다.

밋짱이라고 했다. 그러고 보니 요꼬야마의 이름이 미쯔루였다.

차도 마시지 않고 일부터 시작했다.

"미안해, 오가따. 바로 시작해줬으면 해. 먼저 페르메이르(Jan Vermeer, 1632~1675, 네덜란드의 화가—옮긴이)부터."

집에 오자 요꼬야마의 표정이 갑자기 엄숙해졌다. 일귀신. 그런 말이 떠오른다. 오가따는 그 페르 뭐라고 하는 외국 이름을 알아듣지 못했지만 일단 "알았어" 하고 대답한다.

"이쪽은 욕실, 화장실, 그리고 여기가 거실이야. 뭐든지 맘대로 써. 작업은 이쪽에서 할 거고. 지금 준비할게."

사꾸라다는 넓은 방으로 오가따를 부르더니 그곳이 오가따의 작업실이라고 알려주었다. 빛이 들어오지 않아 서늘한 느낌이 들었다.

작은 책상이 있었다. 서랍과 책장 따위가 이것저것 달린 학습용 철제책상이었다. 책장 위에 스탠드가 놓여 있었는데, 그것도 중학교 때 썼을 법한 낡은 학습용 스탠드였다.

초중학교 시절에는 모든 물건에 학습이라는 말이 붙어 있었다. 학습용 책상, 학습용 스탠드, 학습장, 학습용 지우개……

오가따는 어렸을 때 복잡하게 생긴 본격적인 학습용 책상을 갖고 싶었지만 부모님이 사주시지 않아서 내내 소박하게 생긴 책상을 썼었다. 이것이 내가 동경하던 학습용 책상의 말년인가, 하고 오가따는 재미있어하면서 보았다. 여자아이 캐릭터나 곰이나 꽃 같은 낡은 스티커가 여기저기 붙어 있었다. 떨어진 자국도 있고, 반쯤만 떨어져나간 것도 있었다.

"지금까지는 내가 여기서 작업했어. 난 거실로 옮길 테니까, 오가따 넌 이 방을 써. 낮에도 어두워서 계속 불을 켜둬야 해. 눈이 몹시 피곤한 일이니까 적당히 쉬면서 해."

"사꾸라다 너도 일을 한 거야?"

"그럼, 온 가족 총출동이야. 갑자기 이런 일 부탁해서 미안해. 빨간 색연필과 포스트잇, 연필, 볼펜, 대강 이 정도면 되겠지? 부족한 게 있으면 뭐든지 말해."

사꾸라다는 그렇게 말하면서 책상 위에 도구들을 펼쳐놓았다.

"저 사람 요즘 잠을 거의 자지 못했어. 고양이 손이라도 빌리고 싶을 거야. 사정이 몹시 절박해."

"난 괜찮아. 지금은 일이 없으니까. 그렇지만 난 고양이 보다도 도움이 안될지도 몰라."

"아주 우수한 고양이지. 밤에는 이 방에 이불을 깔아줄게. 잠깐만 기다려. 금방 차 가져올게."

사꾸라다가 나가고 요꼬야마가 들어왔다. 오가따 앞에 종이뭉치를 잔뜩 쌓아올렸다. 순간 오가따는 이해했다. 그리고 각오했다. 아, 이 집에서는 일의 순서가 조금 다르다. 바퀴벌레를 치우는 것보다 일이 먼저다. 일, 일……

"이게 초교 교정지야. 자, 여길 봐. 이렇게 그림이 들어 있고 그 아래가 비어 있지? 여기에 네가 글을 써넣는 거야. 그림의 배경이 되는 정보, 예를 들어 그것이 몇년에 제작되었고 어디에 소장되어 있는지 등은 본문에 다 나와 있어. 그러니까 캡션에서 반복할 필요는 없어. 그냥 넌 그림을 보고 그 인상을 짧은 문장으로 정리하면 돼. 정보는 필요없어. 말이 필요해."

"말이라……"

"그래, 말. 입력할 때는 이 컴퓨터를 써. 미리 서식을 설정해놓으면 편해. 잘 모르면 사꾸라다에게 물어봐. 어느 그림에 어느 캡션이 들어가는지 금방 알 수 있게 화가마다 일련번호를 매겨놓았어. 그것도 사꾸라다가 모두 파악하고 있어. 처음 한 장이 다 되면 가져다줘. 그 프린터로 인쇄해서."

어쨌든 처음에는 모두 사꾸라다에게 물어봐야겠구나. 오가따는 그렇게 이해했다.

"원고는 몇 자를 써야 해?"

"아, 그게 중요해. 한 줄에 열다섯 자까지, 최대 세 줄. 넘치는 건 절대 안돼. 어떻게든 그 분량 이내로 써야 해. 독자의 상상력을 자극하는 키워드가 필요하다는 게 회사의 요청이지만, 처음엔 크게 신경쓰지 마. 네가 그림을 잘 보고 그림이 말하는 걸 솔직하게 쓰면 돼. 힘을 빼고 몇개 해봐."

거기까지 말한 다음 요꼬야마는 덧붙였다.

"괜찮아. 너라면 잘할 수 있어."

요꼬야마는 서둘러 방을 나갔고 오가따는 혼자 남았다.

방에서는 희미하게 곰팡이 냄새가 났다. 장마 때면 오가따의 방에서 익숙하게 맡을 수 있는 냄새였다. 어쩌면 어딘가에 이미 곰팡이가 피기 시작했는지도 모른다. 방한쪽 구석에 놓인 낡은 서랍장이 보였다. 그 안에서 곰팡이를 피우면서 흔들리고 있는 옷을 상상했다.

전에 오가따는 자신의 옷에 곰팡이가 잔뜩 피었던 경험이 있다. 벽장을 개조한 옷장이었다. 셔츠에서 정장, 가죽가방까지 모든 것에 곰팡이가 피어 있었다. 그럴싸한 옷이 있는 건 아니었지만, 상복 두 벌은 세탁소에 맡겼다. 그 뒤처리가 여간 힘든 게 아니었다. 그뒤로는 약국에 물어 습기를 없애는 약을 들여놓게 되었다. '미루미루'('순식간에'라는 뜻─옮긴이)라는 이름이었는데, 습기를 빨아들이면 쎈서 부분의 색이 파란색에서 차츰 핑크색으로 변한다. 진한 빨간색이 되면 바꿀 때가 된 것이다. 의외로 빨랐다. 순식간에 빨갛게 변했다. 그래서 '미루미루'인 것 같았다.

멍하니 서 있는데 사꾸라다가 들어왔다.

우두커니 서 있는 오가따를 보고는 자, 여기 앉아, 하고 의자를 잡아당긴다. 놓을 데가 작업용 책상밖에 없어서 미안해.

책상 위에 놓인 차를 마시면서 오가따는 두꺼운 교정지의 첫 장을 넘겼다. 갑자기 큰 그림이 나타났다. 왼쪽 끝에 작게 페르메이르라고 씌어 있다. 한 손으로 턱을 괴고 선잠을 자는 여자의 그림이다. 가만히 보고 있는데 등뒤

144

에서 같은 것을 내려다보는 사꾸라다의 시선이 느껴진다.

"저 사람, 일할 때는 사람이 조금 바뀌지만 평소에는 좋은 사람이니까 신경쓰지 마. 지금은 정말로 숨이 막힐 만큼 일에 쫓겨서 그래."

사꾸라다는 책상 옆으로 돌아와서 변명하듯 말했다. 눈 한가운데가 흔들리고 있었다. 파들파들 흔들려서, 두려워하는 것처럼 보였다. 그 흔들림이 오가따에게 옮겨왔다.

알았어, 해볼게, 하고 오가따는 말했다. 조금이라도 힘이 될 수 있으면 좋겠네.

그건 그렇고 사꾸라다는 변했다. 호감이 가지 않는 여자였는데, 정말 좋은 인상으로 바뀌었다.

나도 변했을까? 그런 생각을 하고 있는데,

"오가따, 넌 정말 변하지 않았어" 하고 사꾸라다가 말했다. "저 사람, 참 이상한 사람이야. 아는 사람을 우연하게 잘 만나. 일부러 만나려고 하는 것도 아닌데 말이지. 이 넓은 토오꾜오에서. 참 신기해. 무서울 정도야. 실은 우리도 그렇게 만났어."

"오늘 나처럼?"

"맞아. 오늘의 오가따 너처럼."

"우연히 만나서?"

"그리고 결혼했어."

"정확하게는 재회한 거네."

"응, 사람이 만난다는 게 그리 쉬운 일은 아니잖아. 한 번 만나고 다시 한 번, 그러니까 두 번 만나게 되면 그 만남에는 의미가 생기는 거야."

"한 번 만나는 건 스쳐가는 것에 불과하지."

"오가따 널 만나서 정말 기뻐."

"신기하다."

신기하다,라고 말로 하자 모든 것이 윤곽을 잃고 모호함 속에 둘러싸였다. 참 무책임한 말이라고 생각하면서 오가따는 다시 한 번 신기하다,라고 말했다.

우연히 만난다는 것. 실은 오가따에게도 그런 일이 없었던 것은 아니다. 아는 사람을 우연히 마주치거나 또는 일방적으로 발견할 때가 있다. 그럴 때 말을 건 적도 있고 모른 척 지나친 적도 있다.

전에 사귀던 여자를 우연히 혼잡한 길에서 본 적이 있다. 다른 남자와 같이 있었다. 그녀에게 다른 좋아하는 사람이 생긴 것 같다는 것을 이미 알고 있었으므로 크게 놀라지는 않았다. 오히려 그렇구나, 하고 머리로는 이해했다. 그렇다, 머리로는 이해하고 있었는데, 그걸 본 눈은 흔들렸다. 수많은 사람들 속에서 그 여자만을 순식간에 찾아낸 자신의 시력이 슬펐다. 만일 여자가 오가따를 알아보았다면 오가따가 자신을 뒤쫓아왔다고 생각했을지도 모른다. 여자는 남자와 손을 잡고 걷고 있었다. 오가따는 두 사람 바로 옆을 지나갔다. 여자에게는 오가따가 보이지 않는 것 같았다. 적어도 스쳐지나가기 직전까지는 그랬다. 그 찰나에 여자가 그를 알아보았을까? 그 순간은 알수 없었다. 오가따는 여자를 좋아했으므로 여자가 오가따를 보았다는 쪽으로 믿고 싶었다. 여자에게서는 그뒤로연락이 없었고, 오가따도 연락하지 않았다. 그리고 헤어졌다. 그러니까 그때 여자는 오가따를 알아보았을지도 모른다. 하지만 모른다. 사실은 모른다.

오가따와 요꼬야마, 사꾸라다의 경우는 누가 누구를 발견하고, 누가 발견된 것일까.

어쨌든 이렇게 세 사람의 공동생활이 시작되었다.

사꾸라다에게 컴퓨터와 프린터 사용법을 배우고, 몇개의 캡션을 써서 학생이 선생님에게 첨삭을 부탁하듯 요꼬야마에게 여러 차례 물어본 다음 오가따는 바로 방법을 터득했다. "잘하네, 오가따. 그렇게 해나가면 돼." 요꼬야마는 사람을 격려하는 법을 잘 아는 것 같았다.

낮에는 세 사람 모두 각자 완전히 방에 틀어박혔다. 사꾸라다는 거실 탁자 위에 교정지를 펼쳐놓고 일했다. 요며칠 동안은 렘브란트 편을 작업하고 있다. 미술 전문가가 쓴 본문 문장이 페이지 안에 담기지 않을 때는 넘치는 글자를 세어서 그 글자 수만큼 지운다고 한다. 세 명이 각자 조금씩 다른 일을 하고 있다는 것을 알기까지도 꽤 여러 날이 걸렸다.

아침, 점심, 저녁은 대개 세 사람이 한자리에 모여서 먹었다. 음식은 사꾸라다가 하지만 커피를 끓이고 빵을 굽는 일은 요꼬야마도 곧잘 했다. 오가따는 언제부터인가 뒷정리 담당이 되었다. 식기세척기를 처음 본 오가따는 사꾸라다에게 사용법을 배우자 금방 능숙해져서, 나중에는 사용한 식기를 어떻게 하면 식기세척기에 효율적으로 넣을 수 있을지 고민하는 것이 무척 재미있어졌다. 사용한 그릇을 조용히 세척기 안에 채워넣는다. 시간을 생각하면 손으로 닦는 게 훨씬 빠르지만, '닦는' 작업과 '넣고 배열하는' 작업은 두뇌를 쓰는 방법이 완전히 다르다. 넣고 배열하는 일을 한 다음에는 머릿속이 맑아지지만, 손으로 닦으면 그동안 갖가지 상념이 떠올라 묘한 스트레스가 쌓이는 것이다.

속옷은 처음에는 요꼬야마 것을 같이 입었다. 요꼬야마와 사꾸라다는 전혀 신경쓰지 않는 것 같았다. 하지만 얼마 후에는 새 팬티와 런닝이 오가따 용으로 배달되었다. 와이셔츠나 스웨터 같은 겉옷은 요꼬야마 것을 빌려 입었다. 조금 헐렁해서 어울리지 않았다. 오가따가 입으면 모두 죄수복 같았다.

이 집에서의 생활이 언제까지 계속될까. 작업은 대체 언제쯤 끝날까. 이 작업에 끝이 있기는 한 걸까. 오가따는 가늠할 수 없었다. 보수에 대해서는 아무것도 묻지 않았고, 요꼬야마도 말하지 않았다.

가끔씩 방의 곰팡이 냄새가 강렬하게 코를 찔렀다. 번식하고 있는 것이다. 이대로 가다가는 오가따 자신에게도 곰팡이가 필 것 같았다. 그런 꿈을 여러 번 꾸었다. 아침에 일어났는데 검은 곰팡이가 입 주위에 잔뜩 피어 있었다. 말을 할 수도, 소리칠 수도 없었다. 자신이 낸 비명소리에 놀라서 잠이 깨었다. 사꾸라다와 요꼬야마는 거실에 이불을 깔고 잠을 잤다. 분명히 두 사람에게 들렸을 것이다.

이 일을 시작하고 일주일 동안 계속 집 안에 틀어박혀 있었다. 밖에는 한 번도 나가지 않았다. 다른 두 사람도 마찬가지였다. 가끔 오토바이 택배가 와서 교정지를 조용히 전해주기도 하고 이쪽에서 들려보내기도 했다. 택배나 배달음식이 올 때면 그 사람들이 바깥의 기척을 희미하게 전해주었지만, 문을 닫으면 다시 밀실이었다. 집 안 공기는 피처럼 진해지고 탁해져서 어둠의 무게를 더해갔다.

지금 오가따는 페르메이르의 마지막 그림 한 장에 몰두해 있다. 「우유를 따르는 여자」. 영어 제목은 '밀크 메이드'.

'암스테르담 국립미술관에 소장되어 있다. 1660년경에 제작된 페르메이르의 대표작 중 하나.'

미술 전문가가 쓴 본문에는 그 정도의 소개가 나와 있다.

글을 쓰기 위해 그림을 들여다보는 그 순간이 오가따는 좋다. 말은 아직 어디에도 없다. 오가따 안에도 그림 안에도 없다. 그것은 어디에서 오는 것일까. 자신을 비우고 그림과 마주했을 때, 오가따는 허들 경기 출발선에 서서 정면에서 불어오는 바람을 맞는 기분을 떠올렸다. 마흔다섯 자. 딱 그만큼의 말을 지어내는 데 모든 것을 거는 것이다. 그러나 동시에 글은 쓰지 않고 그저 그림만 보고 싶은 기분이 서로 맞부딪치곤 했다.

오가따는 그림을, 그림 전체를 지금까지 해왔던 것처럼 멍하니 바라본다. 그런 다음 구석구석에 시선을 준다. 그리고 다시 전체를 본다. 세부에서 전체로, 전체에서 세부로. 너무 열심히 그림에서 뭔가를 빼앗으려 해선 안된다. 그려진 사물이 자연스럽게 입을 열기를 기다려야 한다. 눈으로 보는 것 외에 그림과 마주하는 방법은 없지만, 이렇게 그림을 바라보고 있으면 늘 그림 속의 소리에 귀를 기울이고 있는 것 같은 기분이 된다. 그림을 보는 것이 아니라 그림을 듣고 글을 쓰는 것이다. 하지만 페르메이르의 그림은 조용하다. 무기질적인 무음이 아니라, 일상의 희미한 잡음이 들리는 것 같다. 잡음은 그림에 따스함을 주고 침묵의 윤곽을 부드럽게 만든다. 보고 있는 사이에 그림의 고요함이 그림을 보고 있는 자신의 고요함을 불러들인다. 그래서 자신이 그림 속 세상에 있는 듯한 착각이 든다.

네덜란드 여성일 것이다. 따스한 모습의 여자가 창가에 서서 우유 항아리를 들고 우유를 따르고 있다. 주의깊게, 정성을 들여서. 따라지는 우유가 아주 가늘게 꼬이면서 떨어지는 것을 보면 알 수 있다. 그림에는 낙하하는 속도까지 그려져 있다. 모든 사물이 정지해 있는 가운데, 떨어지는 우유만이 움직이고 있다.

"우유 항아리에서 흘러나오는 가느다란 우유 줄기."

오가따는 먼저 그렇게 썼다.

컴퓨터 화면 아래에 20이라는 글자 수가 나온다. 아직은 더 써도 된다. 뭘 쓸까.

창문은 여자의 가슴보다 높은 위치에 있고, 거기에서 비쳐드는 빛이 여자의 상반신을 밝게 비추고 있다. 오전임을 느끼게 하는 빛이다. 한편 여자의 하반신은 그늘 속에 들어 있고, 주위에는 냉기가 감돈다. 그림 뒤쪽에는 작은 상자가 보인다.

(이 상자는 뭐지?)

자료를 읽어보니 '족온기'라고 씌어 있다. 네덜란드 여성들은 이 작은 상자를 두껍고 주름이 많은 치마 속에 숨기고 그 위에 다리를 올려놓아 하반신을 따뜻하게 했다고 한다. 실내는 청결하고 청소가 잘되어 있다는 느낌이 든다. 그 나라의 여성들은 특히 절약과 청결을 미덕으로 삼았다고 한다.

탁자 위에는 딱딱하고 질긴 빵.

그리고 가늘게 떨어지는 우유의 흰색. 우유 항아리의 기울기는 억제되어 있고, 떨어지는 속도는 일정하게 유지

되고 있다. 조금만 더 힘이 가해지면 마치 세상이 무너지기라도 하듯이 우유는 조용히 따라지고 있다.

이봐요, 항아리를 한껏 기울여봐요. 우유를 단번에 따라봐요. 그림을 보면서 오가따는 여성을 도발해 그녀가 제멋대로 행동하게 만들고 싶어진다. 그러나 자신의 목소리는 무력하다. 그림 속에 닿지 않는다. 여자는 자신이 따르고 있는 우유가 마치 자신의 감정이기라도 한 양, 그릇과 그 주변에 주의깊게 시선을 떨어뜨린 채 말이 없다. 무엇을 생각하는 걸까. 무엇을 느끼는 걸까. 눈을 내리깔고 있어서 짐작할 수가 없다. 가슴이 조금 볼록한데, 몇살일까. 둥근 이마가 아름답다. 걷어올린 소매 아래 우유 항아리를 받친 근육질의 튼튼한 팔이 보인다. 일을 잘할 것 같은 그녀의 팔과 옷에서 여성의 신분이 여주인이나 딸이 아니라 하녀라는 것을 알 수 있다.

흘러나오는 우유는 꼬여 있다. 꼬이면서 떨어지고 있다. 그 힘. 그 인력(引力).

캡션은 좀처럼 써지지 않는다.

'조용히 우유를 따르는 여자. 그림 안에서 흘러내리고 있는 우유만이 영원히 생생하다.' 지우고 고쳐서 이걸로 서른네 글자.

이제 열한 자. 인력이라는 말을 쓰고 싶었지만 잘 끼워 넣을 수가 없다. 우유 줄기에서 시간이 흘러내리고 있다. 그렇게 썼다가 다시 지운다. 글자가 너무 많다. 멋있는 척하지 마, 하는 내면의 소리가 들려온다. 페르메이르의 그림에서 고요를 너무 많이 말하는 것도 신경이 쓰인다.

고민하고 있을 때, 사꾸라다의 목소리가 들린다.

"저녁 다 됐어. 식사하지 않을래?"

사꾸라다가 만든 음식은 맛있다. 평범한 반찬이지만 오가따가 평소 먹을 수 없는 것들이다. 그날의 메뉴는 가지와 돼지고기 된장볶음, 오이초절임, 그리고 흰쌀밥, 바지락 된장국. 오가따는 그릇을 핥아먹듯이 밥 두 그릇을 깨끗이 비웠다.

늘 그랬듯이 마지막에는 사꾸라다가 차를 내왔다. 세개의 찻잔을 탁자에 나란히 놓고 번갈아가면서 차를 똑같이 따라준다. 물끄러미 보고 있으면 음란한 느낌이 든다. 사꾸라다가 음란하다는 것이 아니라, 세 개의 찻잔이 음란한 것이다. 공평하게 나누어 따른다는 행위를 볼 때마다 오가따는 눈을 돌리고 싶어진다.

그런데 그날은 사뭇 달랐다. 사꾸라다의 모습에 빨려들

어갔다. 차를 따르는 그녀의 몸과 그림 속 여자가 자연스럽게 겹쳤다. 사꾸라다도 그림 속 여자도 그곳에 자신의 마음이 있는 것처럼 눈을 내리깔고 액체를 부었다. 주전자 주둥이에서 흘러떨어지는 물은 우유만큼 섬세하지는 않았지만, 사꾸라다는 그림 속 여자와 닮아 있었다. 약간 나온 넓은 이마. 다부진 몸매지만 왠지 자신을 안으로 끌어당기고 있는 듯한 느낌.

캡션을 쓰는 일과 아파트에서의 일상이 어딘가 이어져 있는 것 같았다. 오가따는 차츰 모든 현상에 캡션을 붙이는 버릇이 생겼다. 무심코 머리가 그런 식으로 움직였다.

'정지된 빨래집게. 바람 없는 하루' '사꾸라다가 앉아 있다. 파란 스웨터를 입고. 눈앞에 놓인 것은 식초 한 병' 등, 절대 입으로는 말하지 않지만 머릿속에는 보이지 않는 자막이 은밀하게 지나간다. 그것은 마치 이곳에 없는 누군가에게, 또는 여기에 있지만 보이지 않는 누군가를 향해 중계라도 하는 듯한 중얼거림이었다.

저녁식사가 끝나면, 늘 하던 대로 오가따는 식기세척기로 그릇들을 나른다.

그동안 사꾸라다가 목욕 준비를 한다. 두 사람은 항상

맨 먼저 오가따를 들여보내고 그다음 요꼬야마, 사꾸라다 순으로 들어간다. 그 차례를 절대로 어기지 않았다.

목욕을 하고도 작업은 계속된다.

'조용히 우유를 따르는 여자. 모든 것이 정지한 듯한 청결한 실내에서 몸을 뒤틀면서 떨어지는 우유 줄기만이 생기있어 보인다.'

오십 자. '조용히'를 지우고 '주의깊게'로 고쳤다. '몸을 뒤틀면서 떨어지는'을 깔끔하게 '흘러내리는'이라고 고치고, 마지막으로 '생기있어 보인다'를 '움직이고 있다'로 고쳤다.

'주의깊게 우유를 따르는 여자. 모든 것이 정지한 듯한 청결한 실내에서 흘러내리는 우유 줄기만이 움직이고 있다.'

마흔다섯 자. 자, 이걸로 됐다.

결국 인력이라는 두 글자는 버렸다.

캡션을 쓰기 시작하고 이주일이 지났다. 일은 계속 이어졌다. 오가따는 페르메이르 다음으로 고갱을 끝내고, 지금은 막 고흐를 시작했다. 오래 걸릴 것 같다고 듣기는 했지만, 방치해둔 아파트도 신경이 쓰였다. 그곳이야말로 온통 곰팡이가 번식해 있는 건 아닐까.

"힘들겠지만, 삼십권이야."

요꼬야마는 눈을 마주치지 않고 무표정한 얼굴로 말했다.

여기 있으라고 명령한 것은 아니지만, 돌아가도 좋다는 말도 절대 하지 않았다. 결국 이주일이 삼주일이 되고, 눈 깜짝할 사이 한 달이 지났다. 부부 사이에 끼어 생활하는 것도 근질거리는 느낌이 날로 더해갔다. 하지만 그들은 별로 부부답지 않았다. 눈을 마주치는 일도 별로 없었고, 어렸을 때의 반 친구끼리라는 병렬적인 관계가 지금도 균형을 유지하고 있었다. 성적인 냄새가 전혀 나지 않는다는 것이 오히려 부자연스럽고 이상해 보였다. 두 사람을 함께 형용할 만한 어떤 말도 생각나지 않았다. 말하자면 두 사람은 따로따로였다. 단지 이 거대한 작업을 해치우기 위해서 동지처럼 머리를 맞대고 하루의 대부분을 책상에서 살다시피 했다. 그리고 두 사람 다 그리 힘들어 보이지 않았다.

오가따는 이렇게 오랜 시간 활자만 들여다보는 생활은 처음이었다. 신선한 기분은 처음뿐이었고, 익숙해져감에 따라 이상한 망상에 사로잡혔다. 방에 혼자 갇혀 있다보니, 하반신도 어딘가 불편했다. 자그마한 글자에서 냄새를 풍기는 독이 배어나와 곰팡이처럼 슬금슬금 몸 전체를 잠식해가는 것 같았다.

어느날 밤, 저녁식사 후 설거지를 끝낸 오가따가 참지 못하고 두 사람에게 말했다.

"잠깐 나갔다 올게."

요꼬야마는 의외라는 듯한 표정이었다.

"어디 가? 일이 산더미 같은데."

"몸이 너무 둔해졌어. 이 근처에서 조금만 뛰다 올 거야."

스스로도 놀랄 만큼 단호한 목소리였다.

"아, 그래. 미안해. 좋을 대로 해."

오가따의 마음을 알았는지 요꼬야마는 바로 그렇게 대답했다.

"그럼 잠깐 나갔다 올게."

그렇게 말하고 오가따는 현관으로 나갔다.

요꼬야마는 바로 방으로 들어갔다. 당연히 일을 계속하려는 것이다. 오가따는 사꾸라다가 따라나오리라는 것을 알았다. 현관에서 사꾸라다와 마주치자 자연스럽게 말이 흘러나왔다.

"너도 잠깐 뛰지 않을래? 옛날엔 장거리 선수였잖아."

"어? 오가따 너, 기억하는구나."

사꾸라다는 정말로 기뻐하는 얼굴이었다. 그렇다, 사꾸라다는 늘 혼자서 달렸다. 오가따는 그것을 잘 알고 있었다.

사꾸라다는 곧장 그럴게, 하고 대답했다.

"잠깐만 기다려. 옷 갈아입고 올 테니까."

그렇게 말하고 요꼬야마가 있는 방으로 들어갔다. 몇마디 말이 오간 뒤 금방 사꾸라다가 방에서 나왔다. 감정을 읽어낼 수 없는 모호한 표정이었지만, 위아래를 회색 트레이닝복으로 갈아입은 모습이었다.

둘이서 나란히 아파트 밖으로 걸어나왔다.

어두운 하늘에는 둥근 달이 떠 있었다. 밤기운이 천천히 몸에 스며들었다. 오가따는 코로 공기를 들이마셨다. 나무 냄새와 먼지 냄새가 났다. 가슴을 펴고 팔을 뻗자 온몸의 갑갑한 기운이 떨쳐지고 피가 힘차게 흐르기 시작하는 것 같다.

오가따는 지금, 너무 늦게 바깥세상에 도착한 것 같은

낯설고 신선한 느낌에 휩싸였다. 이 일을 시작하기 전에는 바깥 공기 속에 한겨울의 무거운 냉기가 깔려 있었다. 그런데 지금은 바닥에서 무언가 달콤하게 꿈틀거리는 희미한 기척이 있었다.

"근처 강가에 버드나무 가로수길이 있는데, 거기가 마라톤 코스야. 밤에도 등을 켜놔서 아주 늦은 시간에도 사람들이 뛰어. 가볼래?"

사꾸라다는 그렇게 말하고 앞서 걷기 시작한다. 뒤에 따라가면서 대답 대신 오가따가 물었다.

"요꼬야마는 괜찮은 거야?"

"응, 신경쓰지 마. 그 사람도 가끔 같이 달리면 좋을 텐데, 그럴 여유가 없는 사람이야. 아까도 같이 나가자고 했는데 바로 거절했어. 자긴 괜찮으니까 우리끼리 뛰고 오래. 들어오는 일을 받지 않으면 생활이 어렵고, 또 받은 일을 확실하게 하지 않으면 다음 일이 들어오지 않거든. 이해는 하지만, 그 사람 좀 완벽주의야. 오가따 네가 온 뒤로도 거의 밤잠을 자지 않았어."

두 사람은 나란히 언덕길을 내려갔다. 오가따가 요꼬야마와 만난 곳이다.

요꼬야마에 비하면 오가따는 잠도 푹 자고 훨씬 편하게

지내고 있는 것 같다.

"그 녀석, 화났어?"

"아냐, 괜찮아. 좀 신경이 곤두서 있긴 하지만. 항상 그래. 밤에 잠깐 달리는 것 정도는 별일 아니잖아. 아, 저기, 저쪽이야."

사꾸라다가 가리키는 쪽에 다리가 있고, 그 양쪽 물가를 따라 버드나무 가로수가 있었다.

"음, 운치있네. 물가의 버드나무라……"

"날씨가 풀리면 잎이 돋아날 거야. 봄이 되면 아주 예뻐."

밤바람은 아직 차가웠다. 버드나무 잎이 흔들리면서 사락사락 소리를 냈다. 두 사람은 다리 끝에서 버드나무 길로 내려갔다.

뚱뚱한 외국인 남자가 짐승처럼 거친 숨을 내쉬면서 두 사람 곁을 달려갔다. 향수와 체취가 뒤섞인 지독한 냄새가 풍겼다. 오가따에게는 체취가 거의 없다. 나에겐 저런 강렬한 것이 없어. 부러운 것은 아니었다. 단지 그런 결정적인 차이를 느끼면서, 오가따는 그의 뒷모습을 바라보았다.

두 사람은 달리기 시작할 타이밍을 잡지 못해서 잠시

어색해하다가 강가에 잠시 멈춰 섰다.

사꾸라다가 준비운동을 시작했다. 오가따도 따라서 팔다리를 뻗었다.

"자, 가자."

앞에서 달리기 시작한 사꾸라다의 모습은 마치 밤의 고독한 사슴 같았다. 그 모습을 보자 오가따는 자신도 모르게 또 말을 지어내고 싶은 마음이 꿈틀거렸지만, 그것을 떨쳐버리듯이 사꾸라다를 따라잡아서 나란히 달렸다.

"평소에 달리기는 안해?"

"결혼하고 나서는 한 번도 뛰지 않았어."

"그럼, 그전까지는?"

"고등학교 때는 육상부였고, 그뒤로도 취미로 마라톤을 했었어."

"그런데 왜 그만뒀어?"

"달리기만 할 수는 없으니까."

"왜?"

"왜라니, 일이 많아서 시간이 없으니까 그렇지."

거기까지 말하고 사꾸라다는 오가따를 뿌리치듯이 앞으로 달려나갔다. 그대로 계속 속도를 높여 순식간에 오가따와 거리를 벌렸다. 달릴 때는 말을 많이 할 수 없다.

말을 버리듯이 달려나간 사꾸라다의 등에 중학교 시절의 사꾸라다가 겹쳐 보였다.

흠흠, 하하. 두 번 코로 들이쉬고, 두 번 입으로 내쉰다. 옛날에 그렇게 배운 기억이 있다. 누구에게 배웠는지 기억나지 않지만 그 방법만은 지금도 따르고 있다.

금방 사꾸라다를 따라잡았다. 이십분쯤 달리자, 두 사람 모두 숨이 턱에 찼다.

다리 근육을 풀고 벤치에 앉았다.

강가의 집마다 불이 켜져 있고, 버드나무 잎이 살랑살랑 소리를 낸다. 막 돋아난 이파리들이 서로 몸을 스치는 것 같다. 멀리 보이는 다리 위로 자전거를 탄 남자가 지나간다. 사꾸라다가 숨을 몰아쉰다.

"휴, 이젠 예전처럼 달리지 못하겠네. 이 정도는 거뜬했는데."

"좀 힘든걸."

"우리도 이젠 젊지 않아."

앉고 보니, 다시 현실이 내려앉는다.

"이 일, 대체 언제까지 하는 거야?"

"나도 잘 몰라. 계속해서 들어오니까. 아마 앞으로 반년은······"

"뭐, 반년?"

"아니, 어쩌면 반년으로 끝나지 않을지도 몰라. 일년, 이년……"

"정말? 그런 말은 못 들었는데."

"미안해."

"미안한 문제가 아니라, 이년이면 아파트 계약을 갱신하는 기간이야. 아예 네 집으로 이사와야겠다."

"뭐? 우리집에?"

"작업하는 동안만."

"작업이 끝나면 나가는 거지?"

"물론이지. 그런데 정말로 끝나긴 해?"

"끝날 거야, 언젠가는."

"정말?"

"끝나지 않는 건 없어."

그 말에 이번에는 거꾸로 오가따가 일이 끝나지 않았으면 하는 심정이 되었다.

사꾸라다가 입을 다물고 있어서 오가따가 위로하듯이 말했다.

"요꼬야마는 정말 잘하고 있어. 포기하지 않고."

"당연하지, 사장이니까. 신용을 잃으면 개인사업은 끝

이거든. 그보다 내가 신경쓰이는 건 오가따 너야. 재미있니?"

"뭐가?"

"지금의 생활."

"음, 그렇지 뭐. 사꾸라다 네가 만든 음식도 맛있고."

"그래, 고마워 오가따. 맛있게 먹어줘서 고마워. 요꼬야마는 늘 식욕이 없어. 그런데도 밤에는 꼭 애들처럼 과자를 먹어."

"그 시간대에는 왠지 배가 고파지잖아. 배가 비었다기보다는 입이 심심한 거지. 위로받을 만한 것이 필요한 거야. 아무튼 거긴 수도원 같으니까. 술은 맥주로 건배만 하는 정도고, 담배도 여자도 안되고, 텔레비전도 없고."

"늦은 밤까지 항상 미안해. 그 꺼림칙한 방에 널 가둬놓고 말이야."

"아, 맞아. 그 방에서 곰팡이 냄새 나지 않니? 거기 있는 서랍장을 좀 열어보는 게 어떨까. 나도 예전에 옷장에 곰팡이가 잔뜩 핀 적이 있거든."

"그 서랍장, 결혼하고 나서 한 번도 열어보지 않았어."

"뭐? 그럼 굉장히 심각할 거야. 틀림없이 곰팡이가 가득할걸."

"무서워서 점점 더 열어볼 수가 없더라고."

"무서워하기만 하면 안되지. 그런 방이 위험해. 북향에
다 밀폐되어 있고, 습기가 차고, 햇볕도 들어오지 않잖아?
그 서랍장에는 뭐가 들어 있어?"

"상복이나 일본 전통 옷, 아, 웨딩드레스도 있다."

"드레스를 입었었구나."

"응, 형식만 갖춰서."

오가따는 곰팡이투성이가 된 웨딩드레스를 떠올렸다.

"내가 있는 동안 조치를 취하자. 습기 제거제를 사야겠
어. 세이조 약국이나 마쯔모또 키요시 약국이 근처에 있
지? 곰팡이가 생긴 건 어쩔 수 없지만, 그대로 두면 다 버
리게 돼."

오가따는 사꾸라다를 격려하듯이 말했다. 곰팡이를 제
거해주고 싶다는 선의만은 아니었다. 실은 남의 집에 곰
팡이가 심하게 핀 것이 보고 싶어서 견딜 수가 없었다.

"오가따 너, 꼭 가정주부 같다."

"곰팡이에 관해서는 조금 알지. 그리고 식기세척기도
지금은 꽤 잘 알고 있고."

"재미있는 것 같네."

"넌 즐겁지 않아?"

"생각해본 적 없어, 내 인생이 즐거운지 아닌지."

오가따는 자신의 마음속에서 작은 불꽃이 타오르는 것 같은 기분이 들었다. 하지만 사꾸라다는 아무렇지도 않아 보였다.

"난 지금까지 그림 같은 걸 오래 들여다본 적이 없어서, 이번에 많이 공부가 됐어. 지금까지 한 것 중에선 페르메이르가 마음에 들어."

"그렇구나, 잘됐다."

"언젠가는 꼭 보고 싶어."

"진짜 그림을?"

"응."

캡션을 쓰는 일에 지칠 때면 오가따는 종종 맨 처음 작업한 페르메이르의 그림을 보았다. 화가 중에서 페르메이르가 가장 좋았다.

특히 마지막 한 장 「우유를 따르는 여자」에서 우유가 꼬이면서 떨어지는 모습이 좋았다. 아무리 봐도 질리지 않았다. 이 어처구니없는 일이 싫어질 때면 그래도 그 '여자의 그림', 아니 그 '그림의 여자'를 만났으니까, 하고 스스로를 위로했다.

우유를 따르는 일에만 마음을 집중하고 있는 여자. 또

르르 떨어지는 하얀 액체를 가만히 보고 있으면 마음이 예민해지면서 고요한 집중력이 돌아온다. 이따금 그림들을 다시 볼 때마다 이미 써버린 캡션을 고쳐쓰고 싶은 유혹과 싸웠다. 그리고 마지막에는 쓴 것을 모두 지워버리고 싶은 유혹과 싸웠다. 자신이 쓴 모든 캡션이 종이에 핀 검은 곰팡이처럼 느껴져 견딜 수 없었다.

"아주 옛날에 학교 대표로 선발되어서 대회에 나간 거, 너 기억나?"

"언제?"

"중학교 3학년 때. 사꾸라다 너, 장거리 선수였잖아."

"응, 그건 그랬지."

"그때 난 보결선수였어. 하루뿐이었지만 말이야. 할일이 없어서 가만히 앉아 있었지. 그때 네가 말을 걸어줬어."

"그래? 뭐라고 했어?"

"오가따, 오늘은 엉덩이를 덥히고 있네, 라고."

"어머, 엉덩이? 그게 아니라 벤치를 덥히고 있는 거 아냐?"

"어느 쪽이든 상관없어."

"그래서?"

"그뿐이야."

"이상해. 오가따 네가 지어낸 거 아냐?"

"아냐, 정말로 그랬어. 난 그날 혼자였지만 남들이 생각하는 것처럼 슬프거나 비참하지는 않았어. 항상 그랬으니까."

"응."

"다만, 내가 왜 여기 있을까 하는 생각에 기분이 이상했어. 말하자면 어떤 어색함 같은 거야. 그게 지난번에 떠오르더라. 그걸 생각나게 한 것도 네가 했던 말이었어. 그때는 고마웠어."

"그래, 그런 하루가 있었구나. 기억나서 다행이야."

"가끔, 살다보면 이 세상 밖으로 밀려나가는 느낌이 들 때가 있지 않아? 특별히 나쁜 짓을 해서 밀려나가는 게 아니라, 그저 안으로 들어가지 못하는 것 같은 기분 말이야. 그럴 때면 난 보결이 되는 것 같아. 뭐 지금도 보결이지만."

"언젠가는 출전하겠지."

"그런 때가 올까? 난 계속 돗자리 위에 앉아 있는 것 같은 느낌이야."

"그게 나빠? 그리고 왜 지금이 출전이 아니라고 생각해? 출전이란 건 여러 가지잖아."

사꾸라다는 화를 내는 것 같았다. 하지만 갑자기 부드러운 얼굴로 말했다.

"그런데 오가따 너, 엄청나게 기억력이 좋다."

"아냐, 기억력은 별로 좋지 않아. 뭘 잘 잊어버리거든. 기억하고 있다는 걸 잊어버려. 생각해낸다,라는 것도 잊어버리고."

"기억이라는 게 다들 그렇잖아."

"좋은 하루였어, 그 대회. 파란 하늘이 펼쳐져 있고, 날씨는 덥지만 바람이 불고……"

"선수들이 기록을 내려고 분발하고 있을 때……"

"그래, 나는 돗자리 위에서……"

거기까지 말했을 때 갑자기 사꾸라다가 일어섰다.

"있잖아, 강은 저 멀리까지 계속 이어져. 길은 중간쯤에서 끝나지만."

시간을 잘라내는 듯한 말투였다.

자, 달리자.

그래.

사꾸라다의 뒤를 따라 달렸다.

밤의 강은 검어서 움직이지 않는다. 가끔 버드나무가 흔들리는 것 외에는 물소리조차 들리지 않는다. 오가따는 남겨두고 온 요꼬야마를 생각했다. 길이 끊어진 곳까지 계속 달리고 싶었지만, 사꾸라다와 같이 달리다보면 이번에는 정말로 세상 밖으로 나가버릴지도 모른다. 등뒤로 허들이 쓰러져가는 소리가 들린다.

(달려가는 사꾸라다의 뒷모습. 등에 붙은 살을 보니 이젠 젊지 않다. 하지만 자세는 아름답다. 그녀는 옛날에 장거리 선수였다.)

오가따는 달리면서 머릿속으로 거기까지 썼다. 몇자나 될까. 마흔다섯 자의 틀에서 벗어나 있다는 것은 세어보지 않아도 분명하다.

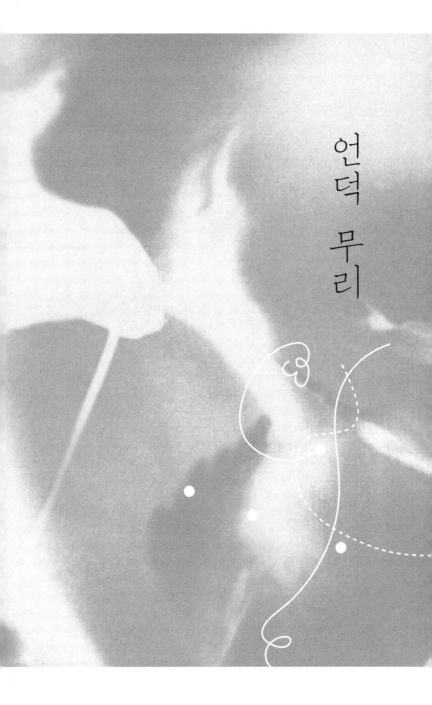

언덕
무리

바람 부는 날이면 나는 혼자서 언덕에 오른다. 특별히 뭔가를 하는 건 아니지만, 약간 높은 장소가 좋다. 봉긋이 솟은 언덕의 형상은 여자의 부드러운 아랫배를 연상시킨다. 높낮이가 많은 지대다. 강은 없다. 띄엄띄엄 사람들이 살고 있지만 오가는 사람은 드물다. 나는 언덕에 앉아 멍하니 먼 곳의 풍경을 바라본다. 오분 정도 지났다고 생각해 시계를 보면 한두 시간이 지나 있기 일쑤다. 다발처럼 묶여 있던 것들이 요즘은 하나둘씩 풀어져서 따로따로 흩어져 있는 것처럼 느껴진다. 시간에 대한 관념도 그중 하나다. 묶여 있음으로써 나 자신을 지켜왔지만, 흩어져 있다 해도 나는 나일 뿐이다. 해가 뉘엿거리면 언덕을 내려온다. 그리고 아파트로 돌아온다.

내게는 미즈오라는 아들이 있었다.

아이의 아버지는 미국인이고 이름은 래퍼얼이었다. 우리는 미즈오가 세살이었을 때 헤어졌지만, 래퍼얼이라는 이름은 발음하기가 매우 어려워서 이름을 부르지 않게 되자 실은 마음이 편해졌다. 그는 종종 발음을 고쳐주었다. 학생이라면 감사할 테지만 당시의 나는 아내였다. 그는 영어회화학원 강사였다. 발음을 고쳐줄 때마다 내가 선생님 같다고 말하면, 실제로 선생인 그는 얼굴을 붉히며 화를 냈다. 지금 생각해도 내가 나빴다.

원래 래퍼얼은 호수처럼 조용한 남자였다. 감정을 거칠게 드러내는 법이 없었다. 처음에는 그의 조용한 성격에 매력을 느꼈지만, 미즈오가 태어났을 무렵에는 우울증과 불안신경증 때문에 나에게 마음을 닫은 상태였다.

우리 두 사람의 아이인데도 미즈오에게조차 차갑게 대했다. 밤에 미즈오가 우유를 달라고 울기라도 하면, 자기가 이런 상태인데 왜 자식을 낳았을까 하고 한숨을 쉬었다.

미즈오는 건강한 아이여서 포동포동 살이 올랐고, 배고플 때 외에는 늘 얌전한 아기였다. 아마도 나를 닮았을 것이다. 나는 건강한데다 지금까지 아무리 괴로운 일이 있어도 잠을 자지 못한 적이 없다. 식욕을 잃은 적도 없다. 몸과 마음이 단단하다. 그래서 넌 괴로워하는 사람을 봐도 공감하지 못해. 타인의 아픔을 상상하지 못해. 래피얼은 내게 곧잘 그렇게 말했다. 그럴지도 모른다. 그렇지 않을 수도 있다. 나는 나를 어떤 사람이라고 규정하는 게 싫다.

그렇지만 그가 괴로워하는 모습을 보는 건 힘들었고, 해오던 일을 못하게 되어가는 그를 어떻게든 도와주려고 했다.

증상이 가장 심할 때는 거의 갓난아이 같은 상태가 되었고, 그저 의자에 가만히 앉아 숨을 쉬는 것만이 그가 할 수 있는 전부였다. 지금은 안다. 조금 알지만 그때의 나는 몰랐다. 아이보다도 자신을 더 돌보아달라고 래피얼은 말했지만, 나는 그보다는 미즈오를 키우는 데 정신이 팔려 있었다. 내가 해준 것은 고작 사무적인 일, 예를 들어 공적인 서류를 대신 써주는 정도였다. 건강할 때는 래피얼이 누구보다 잘하는 일이었지만, 병을 앓고부터는 모두 내가 대신해주었다. 말을 할 때는 모국어조차도 술술 나오지 않는 사람이었지만, 쓰는 것만은 탁월한 능력이 있었다. 왼손잡이였지만 한자도 카따까나도 기막히게 잘 썼다.

우울증이 심해져서 거의 말을 하지 않게 되었을 때는 유일하게 그의 눈만이 감정을 들여다볼 수 있는 창문이었다. 화가 났을 때는 푸른 눈이 날카로워졌고, 슬플 때는 그림자가 드리워져 조금 탁해 보였다. 약의 부작용 때문에 늘 꾸벅꾸벅 졸았다.

영어회화학원에서는 그가 유일한 원어민강사였다. 그래서 그를 간판상품처럼 내세우는 바람에 일의 부담이 컸다. 나는 학교와 그 사람 사이에서 그를 필사적으로 감쌌다. 그것만 보면 좋은 아내처럼 비쳤을 것이다. 사람 앞에 서는 것 자체가 이미 어려웠고, 하물며 가르칠 에너지가 남아 있을 리 만무했지만, 그래도 마지막까지 병명을 알리지 않고 일을 계속할 방법을 찾았다. 하지만 경영자는 냉정했다. 후임자를 찾았으리라. 어느날 갑자기 해고통지서가 날아왔다.

가끔 시어머니께서 만들어주신, 엄청나게 단 파이가 떠

오른다. 미즈오가 태어나기 훨씬 전의 일이다. 시댁에 갔을 때 시어머니는 우리에게 손수 만든 피칸 파이를 대접해주셨다. 피칸이라는 견과류와 굴이 듬뿍 들어가 맛이 아주 진했다. 맛은 있지만 너무 달아서 나는 한 조각도 겨우 먹었다.

그는 어땠던가. 그때 아마도 두세 조각은 먹지 않았을까. 맛있어, 정말 맛있어, 하고 감탄하면서. 그런데도 둥근 모양의 파이는 거의 그대로 남았다. 시어머니는 남은 피칸 파이를 돌아올 때 선물로 싸주셨다.

그런데 그는 비행기 안에서 그걸 몽땅 버렸다. 버릴 것까지는 없잖아. 화는 냈지만 목소리에 힘이 들어가지는 않았다. 래피얼은 한쪽 눈을 찡긋하며 말했다. 난 일본의 도라야끼(둥글게 구운 두 장의 팬케이크 사이에 팥소 등을 넣은 빵─옮긴이)가 좋아. 그 섬세한 단맛은 세상 어디에도 없거든.

사이가 좋았을 때는 그런 대화도 나누었다. 돌이키지 못할 만큼 어긋났을 무렵에는 오히려 피칸 파이가 그립다고 자주 말했다. 그 파이 말이야, 그 파이가 먹고 싶어, 하고 그가 말했을 때, 나는 피칸 파이만이 그를 구해줄 수 있으리라는 느낌이 들었다. 그리고 다디단 파이 속으로 그를 보냈다. 귀국하기로 결정한 것은 그의 의지였다. 어디서 살 건데? 어머님 댁? 그럴 리가. 이제 어머니한테는 돌아가지 않아.

가정재판소의 이혼조정이 끝나고 이제는 주(州) 법률에 따라 정식 이혼성립을 기다리면 끝이었다.

어느 쾌청한 일요일에 나는 래피얼에게 작별인사를 했다. 흐린 날에는 래피얼의 병이 심해지기 때문이다. 그도 나에게 작별인사를 했다. 그뒤 그의 소식은 전혀 알지 못한다.

나는 곧장 공공직업소개소로 달려가 필사적으로 일을 찾았다. 마침 전철로 한 정거장 떨어진 곳에 이름만 대면 누구나 아는 화장품 회사가 들어왔다. 밭이 있던 한적한 곳에 사십층이나 되는 빌딩이 들어선 것이었다. 나는 그 회사의 인사부에 일자리를 얻었다. 바닥은 번쩍이고, 천장은 높고, 근무하는 사람들은 놀랄 만큼 말쑥했다. 게다가 모두 젊은 여성뿐이었다. 나 혼자만 나이가 많았는데, 교통비가 전혀 들지 않는다는 것과 손으로 쓴 이력서 글씨가 예쁘다는 이유만으로 채용이 된 것이었다(채용 담당자가 그렇게 말해주었다.)

나는 가끔 래피얼이 버린 피칸 파이를 생각한다. 왠지

지금 그 파이가 간절하게 먹고 싶다. 기분 나쁠 만큼 달았지만, 그 단맛만이 지금의 내 진흙 같은 피로감을 풀어줄 것 같은 기분이 든다.

미즈오에 대해서 좀더 얘기해야겠다.

처음에는 담임에게서 전화가 걸려왔다.

학교에서 오는 연락은 일단 설레지 않는다. 아이가 크게 다쳤다, 열이 났다, 토했다, 다퉜다…… 뭔가 문제가 생겼을 때가 대부분이다.

휴대전화가 울리고 학교 전화번호가 화면에 떴을 때도 나는 불안감이 앞섰다. 무슨 일이 있어도 놀라지 않는다. 그것이 자식을 키우는 비법이라고 돌아가신 엄마가 말한 적이 있다. 언제라도 자신을 던질 각오가 되어 있는 것. 그게 부모인지도 모르지만, 그 점에서 나는 엄마로서 실격이었다. 놀란 가슴을 가라앉히면서 예, 하고 전화를 받았다. 서류에 전 사원의 인감도장을 찍고 있을 때였다. 담임의 목소리가 멀리서 들려왔다.

"미즈오가 오늘 학교에 나오지 않았어요."

"아침에 똑같이 집을 나섰는데요."

"요 근래 무슨 이상한 점은 없었나요?"

"네."

"그렇군요. 학교에서도 별다른 일이 없었는데."

근거없는 신뢰이지만, 미즈오는 언제 어디에 있어도 무사할 것이라는 믿음이 있다. 담임도 마찬가지인 듯, 남자아이 한 명이 행방이 묘연한데도 둘 다 어딘가 태평해 보였다.

미즈오는 아기일 때부터 그런 식으로 사람을 안심시키는 구석이 있었다. 무엇이 필요하고 무엇을 하고 싶어하는지 정확히 알았다. 그것을 스스로 증명하듯이 미즈오의 이마는 넓고 항상 반짝였다. 말하자면 영리한 아이였다.

"일단 경찰에 신고해둘 테니, 돌아오면 바로 연락주세요."

나는 직장에서 서둘러 돌아와 뛰는 가슴을 안고 미즈오를 기다렸다.

그런데 역시 밤이 되자 미즈오는 아무 일도 없었다는 듯이 집에 돌아왔다. 곧장 담임과 경찰에 연락했다. 그래, 그래, 아무 일도 없을 줄 알았어. 마음속으로 안도했고, 그러자 갑자기 화가 치밀어올랐다.

"엄마가 얼마나 걱정했는지 알아?"

"죄송해요." 미즈오는 순순히 사과했다.

"학교에 가려고 걷고 있었는데, 갑자기 마음이 달라지는 거예요. 엄마는 그런 적 없어요?"

있기는 하지만, 그렇다고 말하지는 않았다.

미즈오는 그때 열세살이었다.

"학교에서 무슨 일이 있었니? 뭐든 엄마에게 얘기해봐. 혼자서 끙끙대지 말고. 넌 닭이 아니라 사람이니까, 낳지도 못할 알을 끌어안고 있지 말란 말이야."

"그게 무슨 뜻이에요?"

"수확이 없다는 거야. 아무리 생각해도 어쩔 수 없는 일은 깊이 생각하지 말라는 얘기란다. 하지만 어쩌지 못하고 생각을 해버릴 때가 있지."

미즈오는 나를 가만히 바라보았다. 가끔 내가 이해한다는 듯이 말하면, 귀찮다는 듯이 미심쩍은 눈길을 보낸다. 하지만 그래도 괜찮다.

"어디 갔었니?"

"토오꾜오에 가서 지하철을 탔어요."

"하루종일?"

미즈오는 내 앞에 노트를 던져놓았다. 펼쳐보니 여러 전철역의 기념도장이 찍혀 있었다.

"아, 전철역 기념도장이구나."

"역마다 돌아다니면서 찍었어요."

"재미있었니?"

"네, 도장이 하나하나 쌓여가니까, 나중에 보면 성취감이 들겠죠. 게다가 깔끔하게 찍기가 의외로 어려워요."

"정말 예쁘게 찍었네. 굉장하다. 장인 같아."

"도장 사이에 낀 찌꺼기는 찍기 전에 닦아내고 파냈어요."

그 정도까지 했다면 거의 노동에 가까운 일이다.

찍힌 도장을 보니 모두 무척 공들여 만든 정교한 고무 도장이었다. 역마다 그 지역의 특성이 담긴 복잡한 경치가 새겨져 있었다. 역에 따라서는 날짜가 들어간 것도 있었다. 미즈오가 하루종일 여러 시간에 걸쳐 지하철을 타고 내렸음을 도장은 분명하게 증명해주었다. 그것으로 나는 만족했다. 그 도장 속에 미즈오가 있다. 미즈오의 발자국이 있다. 더는 추궁할 생각이 사라졌다.

"지금은 지하철을 토오꾜오 메트로라고 하는구나. 엄마가 타고 다녔을 적엔 에이단(營團) 지하철이라고 했는데."

"민영화되었으니까요."

"아, 그러니? 어느새 그렇게 됐구나. 이름만 바뀐 게 아

언덕 무리 183

니네."

세상 돌아가는 일에 어두운 나는 미즈오에게 여러 가지를 배운다.

"엄마는 모르는 게 너무 많아요. 그래서 회사에서 어떻게 일해요?"

정말로 나도 그렇게 생각한다.

"왜 웃으세요?" 미즈오가 묻는다.

"아무것도 아냐."

내가 일하는 곳은 인사과여서 매일 여러 가지 종류의 도장을 찍는다. 아들은 아들대로 여러 역의 도장을 찍는다. 그런 생각을 하자 웃음이 난 것이다.

개인 인감부터 회사 인감까지 여러 도장을 여러 가지 서류에 찍다보면 내 하루는 저문다. 단조롭고 내용 없는 일 같기도 하지만, 바보 같다는 생각은 한 번도 하지 않았다. 거기에는 묘한 쾌감이 있었다.

도장을 찍을 때면 한순간 숨을 멈추고 거기에 나의 일부를 건다. 도장을 종이에서 뗐을 때 깔끔하게 찍혀 있으면 굉장히 기쁘다. 깔끔하다는 건 테두리의 동그라미에 빈 부분이 생기지 않고, 안에 있는 글씨가 또렷하게 보이는 상태를 말한다. 그러기 위해서는 인주를 찍는 단계부터 마음을 차분히 가라앉혀야 한다.

기껏해야 도장을 찍는 일일 뿐이지만 마음을 담아서 찍지 않으면 흔들리거나 번진다. 도장을 아름답게 찍는 일도 미즈오가 말하는 것처럼 아주 어려운 일이다.

미즈오는 무슨 일을 해도 물건을 주의깊고 세심하게 다룬다. 래피얼도 그랬다. 소중히 다루는 한편으로 버릴 때는 놀랄 만큼 냉정하게 버렸다. 하지만 마음에 들어하는 물건은 손질을 해가면서 오래오래 아꼈다. 그런 태도를 보면 나까지도 소중하게 대해주는 듯해서 기분이 좋았다. 미즈오는 이번에도 숨을 죽이며 공을 들여 도장을 찍었을 것이다. 흔들리지 않게 조심하면서 신중하게 찍었을 것이다. 그 모습이 선명하게 떠올랐다.

하지만 미즈오는 중학생이다. 중학생이 역에서 찍는 도장에 그렇게나 가슴이 설렐까.

"넌 이제 중학생이잖아. 도장을 찍는 건 좋지만 앞으로는 휴일이나 방과 후에 가도록 해."

뻔한 이야기를 나 역시 부모라는 옷을 입은 채 뻐끔뻐끔 말했다.

그렇게 말하면서도, 정말로 어디론가 갈 때는 누구에게도, 아무것도 말하지 않고 가는 거라고 생각했다.

미즈오는 뭔가 말하고 싶은 듯 내 얼굴을 물끄러미 쳐다보았다.

그걸로 대화는 끝이었다.

다음날 미즈오는 평소와 다름없이 학교에 갔다.

그리고 다시는 집에 돌아오지 않았다. 다음날도, 또 그다음날도.

"지하철역을 모두 제패할 생각이 아닐까요?"

중학교 담임은 나보다 훨씬 젊다.

"도장을 다 찍고 나면 돌아올 거라는 말씀이에요?"

"잘은 모르겠지만 그런 생각이 들어요."

그러고 보니, 나에게 보여준 노트가 보이지 않았다. 들고 나갔으리라.

"반 아이들 반응은 어떤가요? 미즈오가 갑자기 사라져서 불안해하는 아이는 없나요?"

"그럼요, 모두들 걱정하고 있습니다. 하지만 누가 뭐래도 가장 힘든 건 어머님이시죠. 아이들 걱정은 안하셔도 돼요. 그 점은 제게 맡기세요. ……그 녀석, 평소에도 말이 없고 너무 조용해서 존재가 사라져버리는 것 같은 일도 있기는 했죠."

"존재감이 희미하다는 말씀인가요?"

"그렇게 표현하면 나쁜 말 같지만, 그런 게 아닙니다. 그렇게 몸집이 큰데도 뒤로 슬쩍 빠지는 느낌이랄까요. 투명하다고나 할까. 그래서 정말로 모습이 보이지 않곤 하죠. 찾아보면 어딘가에 있어요. 체육관에서 책을 읽고 있거나, 뒤뜰에 있거나, 사회과 자료실에서 신문을 정리하고 있거나 말이죠. 내버려둬도 공부를 잘하니까 저조차도 무심코 그 아이를 잊곤 합니다. 그리고 그 녀석의 웃는 얼굴……"

"웃는 얼굴요?"

"기분 좋은 미소를 지어요."

"그런가요?"

"마음이 완전히 활짝 열린 듯한 미소예요."

"예, 그런데 그게 어쨌다는 거죠?"

"믿게 돼버린다는 거죠. 괜찮을 거라고…… 일단 경찰에 실종신고를 해두죠. 머리가 좋은 아이니 이상한 짓은 안할 거예요. 괜찮을 겁니다. 반드시 돌아올 거예요. 일단 아이를 믿고 참고 기다리기로 하죠."

담임과의 이야기는 짧게 끝났다.

미즈오가 다섯살인가 여섯살이었을 때, 스탬프러리에 참가한 적이 있다. 하루 동안 야마노떼센(山手線)의 각 역에서 도장을 찍고, 마지막에는 기념촬영을 하고 기념품을 받는다. 기념품은 전차가 디자인된 디지털 손목시계였다. 지금도 찾아보면 서랍 어딘가에 굴러다닐 것이다.

나는 꽤 젊었는데도 그날 완전히 녹초가 됐다. 전차에서 도중에 내리는 행위는 실은 굉장한 에너지가 필요했다. 전차는 타기만 하면 그저 이동해가는 것이므로 도중에 내리는 행위야말로 의지와 힘이 필요하다는 것을 나는 그때 처음으로 알았다.

한 역 한 역 내려서 도장을 받았다. 다섯살이던 미즈오는 그 일에 특별한 가치를 느꼈고, 또한 멋지게 해냈다. 그때도 미즈오는 하나하나 정성스레 도장을 찍었다. 뒤에서 기다리는 아이들이 아무리 소란을 피워도 표정 하나 바꾸지 않고 침착하게 집중했다. 마치 뭔가 중요한 것을 새기는 장인처럼 보였다.

미즈오는 아직도 그 일을 이어가고 있을까.

무엇을 하고 있는지는 모른다. 하지만 나는 미즈오가 역마다 도장 틈새에 낀 찌꺼기를 닦아내면서 계속해서 도장을 찍으며 돌아다니고 있을 거라고 믿는다. '비상식적인 일이긴 하지만 그러기를 바란다. 위험한 사건에만 휘말리지 않으면 된다. 아이가 부디 도장 찍기를 마지막까지 묵묵히 완수해내기를 바란다. 다 끝난 뒤에 바로 집에 돌아오기를 바란다.

토오꾜오 메트로의 담당자는 도장을 찍으면서 돌아다니는 소년을 특별히 관심을 갖고 살펴보겠다고 했다. 미즈오는 혼혈아인데다 키가 커서 낮에 돌아다니면 중학생이 아니라 관광객이라고 여겨지기 쉬웠다. 하지만 주의깊게 보아달라고 부탁해두면, 혼혈이라는 사실이 무엇보다 눈에 띄는 특징이 된다.

그렇게 해서 토오꾜오 메트로에 치밀한 수사망이 펼쳐졌다. 나 스스로 바란 일이면서도, 나는 그 사실을 알고 한편으로는 거꾸로 미즈오가 빠져나가기를 바랐다. 마음껏 도장을 찍고, 도장 찍는 일이 끝나면 돌아오기를. 돌아올지 아닐지는 모르지만, 도장을 찍는 아이를 등뒤에서 체포하듯 보호하는 모습을 상상하면 안쓰러운 생각이 들었다.

나는 회사 일을 계속하면서 미즈오가 돌아오기를 기다렸다. 기다리는 일에 너무 집착하면 오히려 미즈오가 돌아오기 어려울 것 같은 기분이 들어 일부러 기다리지 않는 척하면서 기다렸다. 휴일에는 집 안을 말끔히 정리했다. 나를 걱정해준 사람이 한 가지 조언을 해주었기 때문이다. 집 안을 구석구석 말끔히 정리해놓으면 없어진 사람이나 물건이 돌아온다고.

그렇게 알려준 사람은 풍수지리에 정통한 사람이었다.

이번 기회에 옷장부터 하나하나 정리하기로 했다.

매번 필요없는 물건이 산더미처럼 쏟아져나왔다. 어느 날은 옷장 가장 안쪽에서 까맣게 잊고 지냈던 큰 종이봉투 세 개가 나왔다.

래피얼이 만든 종이비행기였다.

버렸다고 생각했는데 의외였다.

세 개의 종이봉투에 담긴 종이비행기는 부피가 큰 물건인데도 보물을 감춘 산처럼 가만히 접혀 있었다.

꺼내보니 모양도 종이도 다양했다.

종이비행기를 접어서 날리는 일은 래피얼의 유일한 취미였다.

종이도 가리지 않았다. 신문에 끼어 있는 광고지나 필요없어진 회사 자료, 복사용지 등, 뭐든지 종이비행기의 재료가 됐다. 때로는 두꺼운 도화지를 구해와서 복잡한 방법으로 접을 때도 있었다. 미즈오가 갓난아기였을 때지만, 종이비행기 접기에 열중해 있는 래피얼의 모습은 꼭 어린아이 같았다.

원래 말수가 적은데다 종이비행기를 만들기 시작하면 아예 말을 하지 않았다. 내가 말을 걸어도 들리지 않는 것 같았다. 미즈오도 그렇지만 래피얼도 예사롭지 않은 집중력이 있었다. 이미 불안신경증이 시작된 때였지만, 비행기를 접을 때만은 병을 잊게 된다고 자주 말했다. 그러니 비행기 접기는 취미의 수준을 넘어서 그에게 꼭 필요한 작업이었는지도 모른다.

그의 종이비행기는 굉장히 잘 날았다. 옆에서 보고 있으면 신이 날 정도였다.

그런데 어느날, 래피얼이 방 안에서 종이비행기를 날리다 종이비행기 끝이 미즈오의 눈꺼풀을 찌른 적이 있었다.

미즈오는 찢어지는 소리를 내며 큰 소리로 울었다. 우는 모습이 이상했다. 순간 아이를 붙잡고 눈꺼풀을 열어보았다. 안구에 출혈 같은 이상은 없었고 아마도 눈꺼풀이 세게 찍히기만 한 것 같았다. 하지만 울음은 그치지 않았다. 택시를 잡아타고 병원 응급실로 데려갔다. 어머니는 아이의 울음소리를 백 가지 정도 알아들을 수 있다고 나는 생각한다. 물론 비유다. 울음이 백 가지나 될 리 만무하다. 하지만 그때 미즈오의 울음소리를 나는 분명히 알아들었다. 평소와는 다른 울음소리였다. 그렇게 느꼈다.

래피얼도 병원에 같이 따라갔지만, 미즈오가 우는 동안 그저 멍하니 있을 뿐이었다. 세상에는 실제적인 일에 무능한 사람이 있다. 래피얼도 그랬다. 미국에 있을 때는 달랐을지 모른다. 병에 걸리기 전에는 그렇지 않았을지도 모른다. 하지만 그날의 래피얼은 아무런 도움이 되지 않았다.

도움이 되지 않는 인간이 세상에 필요없다는 얘기는 아니다. 도움이 되지 않는 인간이 어쩌면 더 귀중하고 고귀한 존재인지도 모른다. 아무것도 하지 않고 아무것도 할 수 없고, 단지 그곳에 있는 것만으로 충분한 사람. 그날의 래피얼에게 그 정도의 고귀함은 없었지만, 나를 방해하지는 않았다. 그리고 몹시 한심한 얼굴로 나와 미즈오의 얼굴을 바라보았다. 그 모습을 나는 지금도 또렷이 기억한다.

담당의사는 처음부터 불쾌해 보였다. 안구에 빛을 비추자 미즈오는 또 울었다. 아무리 얼러도 울음을 그치지 않았다. 영문도 모른 채 미즈오는 계속 울어댔다. 나중에 의

사는 종이비행기 끝에 찔린 걸 가지고 병원까지 데려오지 말라고 화를 냈다.

분명히 그 말은 옳았다. 그뒤로도 미즈오의 눈은 아무런 이상이 없었다.

그래도 몹시 놀라고 아팠을 것이다. 눈꺼풀 뒤에 마음이 숨겨져 있는 건 아니지만, 어딘가 미즈오의 여린 부분이 상처를 입었다는 생각을 떨쳐낼 수 없었다.

미즈오의 눈꺼풀을 찌른 종이비행기는 접는 방법이 복잡하고 끄트머리가 유난히 날카로웠다. 가까운 거리에서 찔리면 꽤 충격이 클 것이었다. 일부러 그런 것이 아니란 걸 알면서도, 의사에게 기분 나쁜 말을 들은 뒤라 나는 래피얼에게 심하게 화를 내면서 다시는 집 안에서 종이비행기를 날리지 말라고 몰아세웠다. 래피얼은 아무 말도 하지 않고 고개를 숙인 채 내가 쏟아내는 불평을 가만히 듣고만 있었다. 그뒤로 종이비행기를 날릴 때면 반드시 밖으로 나갔다.

집 가까이에는 드문드문 공터가 있고, 그중 한 곳이 유난히 봉긋하게 솟아 산을 이루고 있었다. 우리는 그곳을 언덕이라고 불렀다. 그 언덕은 래피얼이 무척 마음에 들어하는 장소였다. 종이봉투에 종이비행기를 여러 개 담아서 언덕에 가져가 하나씩 차례차례 날리곤 했다. 그 모습이 아파트 베란다에서 선명하게 보였다. 나는 빨래를 널면서 언덕 위에 있는 래피얼을 향해 말을 걸고 싶었다. 어때요? 잘 날아요? 하지만 늘 적절한 말을 찾지 못했다. 무슨 말을 해야 할지 몰라서 그저 멍하니 바라보기만 했다.

그도 내가 보고 있다는 것을 알고 있었을 텐데도 한번도 나를 향해 손을 흔들어준 적이 없었다. 나를 의식하는 기색조차 없었다. 눈에 보이는데도 보이지 않는 것처럼 행동하는 그의 모습이 슬프면서도, 이상하다는 생각이 들곤 했다. 그만큼 래피얼은 종이비행기 날리기에 몰두해 있었는지도 모른다.

아니다. 손을 흔들어주지는 못해도, 하다못해 고개를 끄덕이거나 작은 신호라도 줄 수 있지 않았을까. 완전히 내 존재를 무시하는 그 모습을 보는 일이 차츰 고통이 되어갔고, 나중에는 빨래를 널면 곧장 집 안으로 들어왔다. 시선을 마주치지 않는 일이 이처럼 쓸쓸할 줄이야. 내가 베란다에 있든 없든 래피얼에게는 아무런 상관이 없었다.

그는 계속해서 종이비행기를 날렸다. 어느 것이나 잘 날아가 언덕 아래로 모습을 감추었다. 가끔은 창문으로 그를 엿보았다. 언덕에서 래피얼의 모습이 보이지 않을 때는 떨어진 종이비행기를 주우러 간 듯했다. 계속 날리기만 하고 주우러 가지 않을 때도 있었다. 무엇이 기준인지는 알 수 없었다.

그는 귀국할 때까지 주말 오후면 늘 언덕에 올라 묵묵히 종이비행기를 날렸다. 나는 그 언덕을 래피얼 언덕이라고 이름붙였지만, 바보같이 아름답게 들려서 아무에게도 말하지 않았다.

그날은 회사가 쉬는 날이었다.

나는 방 한구석에 놓인 래피얼의 종이봉투에 문득 시선이 멈췄다.

비행기 하나를 손에 들고 밖으로 나갔다.

래피얼에 대한 미련은 손톱만큼도 남아 있지 않았다. 종이봉투에 접어넣어둔 비행기에 조금 호기심이 생겼을 뿐이었다. 그렇게까지 그가 온 정신을 쏟았던 그것을 나도 체험해보고 싶었다.

월요일이었다. 갈 곳은 정해져 있었다. 래피얼 언덕.

미즈오는 어디에 있을까. 먼 곳에서 아직도 스탬프러리를 계속하고 있을까. 그런데도 엄마는 이 언덕에 올라 종이비행기를 날리고 있다. 곁에서 보면 바보 같아 보이겠지.

래피얼이 섰던 언덕에 오르자 우리 아파트가 잘 보였다. 내가 사는 아파트를 이런 위치에서 바라본 적이 없었으므로 나는 신기한 기분으로 아파트를 유심히 살펴보았다.

우리가 결혼한 해에 지어진 건물이다. 당시에는 무엇이든 반짝거렸지만 지금 보니 벽돌도 군데군데 떨어져나가고 전체적으로 상당히 더러워 보인다.

위층에 다섯 집, 아래층에 다섯 집. 빈 집도 있다. 각각의 베란다 중에서도 꽃과 나무가 무성하게 우거진 베란다는 우리집뿐이다. 그것만 보면 꽤 그럴듯했다. 어떤 여자가 살고 있을까. 그렇게 생각하자, 내가 불쑥 얼굴을 내밀고 빨래를 걷어들이기 시작했다. 설마. 베란다 창문은 꼭 닫혀 있고 얇은 커튼이 쳐져 있다. 집 안이 흐릿하게 보인다. 탁자와 의자, 텔레비전과 책장. 어느 집에나 있을 법한 가구들. 집에 사람이 없다는 것을 창문의 분위기만으로도 분명히 알 수 있을 것 같았다. 텅 빈 집의 공기가 방을 빠져나와 창문 밖을 뭉게뭉게 감돌았다. 외로운 집. 내가 이런 집에서 살고 있단 말인가.

다시 베란다로 시선을 돌리자 한쪽 구석에 빨래 건조대가 보였다. 미즈오의 낯익은 팬티와 양말이 널려 있다. 벌써 한 달이 다 되어가는데도 걷어들이는 걸 까맣게 잊고 있었다.

그것을 보자 처음으로 눈물이 흘렀다. 뭘 하고 있는 거지, 저 집 여자는. 제발 정신 좀 차려. 내 브래지어도 걸려 있다. 팬티도 후줄근하게 늘어져 있다. 아름다울 리가 없다. 아줌마 팬티. 나는 알고 있다. 거기엔 오줌 얼룩과 생리의 핏자국도 희미하게 남아 있다. 이제는 세탁기로 빨아서는 지워지지 않는다. 손으로 북북 빨아도 깨끗해지지 않는다. 물론 이 언덕에서 그것까지 보일 리는 없다. 하지만 내게는 보인다.

래피얼은 어떤 마음으로 이 언덕에 섰을까.

이곳에 서보니 그가 베란다에 있는 내 존재를 알고 있었다는 것이 더욱 확실해졌다. 그는 항상 내가 보이지 않는 듯이 행동했다. 그렇게 나를 싫어했던 걸까. 그에게 나는 있으나마나한 존재였을까. 그렇다면 난 얼마나 외로운 사람인가.

나는 종이비행기를 오른손에 들고 여전히 언덕 위에 서 있었다. 그러자 집 안에서 작은 움직임이 일어나고, 사람인 듯한 그림자가 집 안을 왔다갔다했다. 미즈오일까, 미즈오가 돌아온 걸까?

그래, 미즈오구나! 미즈오는 집에 돌아오면 가장 먼저 창문을 연다. 그 아이는 마치 밀폐된 장소를 두려워하는 듯이 아무리 추운 날씨여도 창문을 열고 바깥 공기를 실내에 들인다. 그리고 미즈오라면 베란다에 나와서 가득 심어져 있는 꽃과 식물에게 물을 줄 것이다. 그 아이는 그렇게 마음이 따뜻한 아이다. 나는 여기에 서서 있는 힘껏 아이를 부르리라. 미즈오! 미즈오! 미즈오!

그렇게 생각하는 것과 동시에 내 입에서 소리가 나왔고, 내 목소리에 정신이 들었다.

엄마 여기 있어! 돌아왔구나! 지금 바로 그리로 갈게! 조금만 기다려!

그러나 미즈오는 알아차리지 못한다. 뭘 하는 걸까. 베란다에서 몸을 내밀고 주변을 두리번거리고 있다. 엄마인 내가 보이지 않는 모양이다. 이럴 수가. 나는 한층 더 과장된 몸짓을 하며 미즈오의 눈길을 끌기 위해 애썼다. 하지만 미즈오는 끝까지 나를 알아보지 못했다.

여기서는 이렇게나 잘 보이는데, 왜 저쪽에서는 보이지 않는 걸까.

어쩌면 원래 그럴지도 모른다. 래피얼 역시 나를 무시한 것이 아니라 정말로 내가 보이지 않았는지도 모른다.

그렇게 생각하면서 언덕을 내려가 헉헉대면서 계단을 올랐다. 현관문이 열려 있었다. 당연하다. 미즈오가 돌아왔으니까.

나는 힘차게 문을 열고 들어갔다.

하지만 집 안은 텅 비어 있었다.

다음날부터 해질녘이면 나는 언덕에 올랐다. 래피얼의 종이비행기가 든 종이봉투를 들고서. 이제 언덕 위에서 아파트를 보는 일은 그만두었다. 환각을 보고 실망하는 내 모습이 싫었다. 집 안도 텅 비었지만 나도 텅 비었다. 저절로 시선이 가서 텅 빈 눈으로 아파트를 바라보면, 아아 있구나, 내 집이다, 오로지 그것만 생각했다. 변함없이 미즈오의 팬티가 널려 있다. 얼룩이 지워지지 않은 내 후줄근한 팬티도.

종이봉투 하나에 담긴 종이비행기는 스무 개에서 서른 개 정도였다. 나는 그것을 며칠에 걸쳐 정성스레 날렸다. 없어지는 것이 안타까운 마음과 어서 빨리 다 날려버리고 싶은 마음이 내 안에서 줄곧 맞섰다.

종이비행기 하나를 손에 들고 바람 속으로 찌르듯이 던진다. 붕 하고 난다. 잘 날아간다. 잘 뻗어나간다. 저쯤에서 착지하겠구나 싶으면 그보다 훨씬 더 앞까지 날아갔다. 그럴 때마다 나는 이상한 쾌감을 느꼈다. 내 마음까지 날아가서 내 가슴에 흙을 묻히면서 착지하는 듯한 느낌이었다.

팔랑거리는 종이로 만든 것, 두꺼운 종이로 만든 것 등, 종이비행기의 종류도 다양했다. 처음에는 날린 다음 주우러 가기도 했지만, 그러다보니 피곤해져서 나중에는 계속 던지기만 했다.

조금 흐린 날 오후였다.

종이비행기 날리기에 열중하다가 정신을 차려보니, 주위에 어둠이 내려앉고 있었다. 래피얼은 이런 시간에도 곧잘 종이비행기를 날렸다. 완전히 밤이 되어 그의 모습이 보이지 않아도 하얀색 종이비행기를 날리면 달빛이 반사되는지 흐릿하게 빛나면서 눈에 띄었다.

나는 깊은 숨을 쉬고 팔을 천천히 내밀어, 마음을 담아 그날의 마지막 종이비행기를 바람 속으로 날려보냈다. 그러자 종이비행기는 신기하게도 의지를 지닌 생물체인 양 똑바로 날아가서 언덕 아래 보이는 집의 울타리를 넘어 정원으로 미끄러져들어가 착지했다.

낯선 사람의 영지 안으로 종이비행기는 너무도 쉽고 결

연하게 침입했다. 어렴풋한 두려움이 다리께로 몰려왔다. 언덕을 내려와 그 단독주택을 향해 걸어갔다.

"실례합니다. 안에 누구 계세요?"

사람을 불러보았지만 아무도 나오지 않았다. 창문에 집 안의 불빛이 비쳤다. 인기척이 느껴졌다. 초인종을 눌렀다. 인터폰에서 예, 하고 남자의 차분한 목소리가 들려와 나는 조금 두려워졌다. 그렇지만 여기서 물러나면 장난을 친 것이 된다.

"저기, 이 집 정원에 종이비행기가 들어가서요."

금방 현관문이 열렸다.

키 큰 남자가 나타났다. 목소리와는 인상이 조금 달랐다.

그를 본 순간, 내 심장이 종이비행기 끝에 찔린 듯한 느낌이 들었다. 나는 다시 한 번 조심스러운 말투로 부탁했다.

"죄송합니다. 저 언덕에서 종이비행기를 날리고 있었는데, 이 집 정원의 저 나무 아래로 들어가버렸어요. 잠깐 들어가서 가져가도 될까요?"

"네? 아, 종이비행기요. 그러세요."

남자의 뒤에서 미즈오 또래로 보이는 여자아이가 얼굴

을 내밀었다.

나는 두 사람의 시선을 느끼면서 정원에 들어가 나무 아래에 떨어진 종이비행기를 주웠다.

"실례했습니다."

뒤돌아 나가려고 하는데 남자가 불러세웠다.

"실례합니다만, 종이비행기를 날린 게 당신인가요, 아니면 자녀분인가요?"

"저예요. 아이는 있지만…… 지금 없어요."

말해버리고 나서 후회했다. 얼마나 혼란스러운 말인가. 상대가 사정을 알 리 없다. 그런데도 남자는 마치 다 알아들었다는 듯이 네, 네, 하고 고개를 두 번 끄덕이며 대답했다.

이어서 여자아이가 말했다.

"저기요, 우리 학교에 종이비행기 클럽이 있는데요, 다들 남자애들뿐이어서 못 들어갔어요."

"학교가 이 근처니?"

"아뇨, 여기서 조금 떨어진 시립 제2중학교예요."

미즈오와는 다른 학교다. 미즈오는 시립 제1중학교다. 하지만 머지않아 제1중학교와 제2중학교가 하나로 통합된다고 들었다.

"넌 그 학교의……"

"2학년이었는데요, 지금은 안 다녀요."

왜냐고 묻지 못했다. 아이의 말을 듣지 못한 것처럼 나는 엉뚱한 질문을 했다.

"학생 수가 적다고 들었는데, 1학년이 몇명쯤이니?"

"글쎄요, 제가 다녔을 때는 한 반뿐이었어요. 스무 명요."

내가 다니던 시절에는 예닐곱 반이었다.

"스무 명……"

"내년에 학교 건물이 철거된대요."

"그러면 내년에 통합되겠구나."

미즈오가 돌아온다면 이 여자아이와 같은 학년이다.

"네, 무척 기대돼요."

"뭐가?"

"학교 건물을 부수는 것 말이에요. 빨리 보고 싶어요."

"부수지 말고 다른 용도로 사용하면 좋을 텐데."

"하지만 이 부근은 요즘에 사람들이 너무 많이 빠져나가서요. 폐가나 폐교처럼 빈 건물이 널렸어요. 생긴 건 멀쩡한데 안이 비어 있어도 좀 그렇잖아요."

갈색으로 빛나는 여자아이의 눈동자는 작은 동물을 연

상시킨다.

"종이비행기를 좋아한다고 했지? 여자아이치고는 드문 일인데."

"네, 재미있을 것 같아서요. 종이비행기가 나는 걸 보면 재미있어요. 종이는 집에 얼마든지 있으니까, 저도 만들 수 있을 것 같아요."

"이 비행기, 아주 잘 날아. 볼래? 접는 방법도 조금 특이하단다."

여자아이는 곤충처럼 눈을 가운데로 모았다.

"줄까? 던져볼래?"

"정말이에요? 그래도 돼요?"

"응, 그럼."

"고맙습니다."

"네가 직접 접어보고 싶으면 펼쳐봐도 돼. 어떻게 접는지 알 수 있을 거야."

"네, 그렇게 해볼게요."

"난 저 언덕 반대편에 있는 아파트에서 살고 있어. 그래서 가끔 저 언덕에 올라가서 종이비행기를 날리곤 한단다. 어두워서 잘 안 보일 때도 있지만 말야. 저기, 봉긋하게 솟은 저 언덕 보이지?"

"네."

"아, 저건 고분이에요."

아이의 아버지가 대화에 끼어들었다.

"네, 고분요?"

"예, 고분이에요. 누구의 무덤인지는 모르지만요. 이 주변에는 여기저기 고분이 많아요. 천황의 무덤이라면 훨씬 거대하게 만들었겠지요. 이 주변에 있는 건 천황의 친족들이 아닐까요. 다들 그저 낮은 언덕일 뿐이고 드문드문 풀이 자라 있어요. 그러니까 다들 저기 올라가서 무덤을 밟고 있는 셈이죠."

여자아이의 아버지는 조금 즐거운 듯이 말했다.

몰랐다. 듣고 보니, 래피얼 언덕 주변에도 작은 언덕들이 많았다.

여자아이는 그런 이야기에는 흥미가 없는 듯 종이비행기로 화제를 돌렸다.

"늘 저 언덕에서 종이비행기를 날리세요?"

"그래. 내가 가는 건 주로 저녁 무렵이야. 혹시 괜찮으면 너도 오지 않을래? 새로운 종이비행기가 아직도 많아. 내 모습이 집에서 보이지? 내가 보이면 언덕에 올라오렴. 같이 날리자."

여자아이의 눈동자 깊은 곳에 작은 등불이 켜진 것처럼 보였다.

"그럴게요. 그런데 왜 그렇게 종이비행기가 많아요?"

"종이비행기를 좋아하는 사람이 있었는데, 그 사람이 남기고 간 거란다. 접기도 날리기도 아주 잘하는 사람이었거든. 이렇게 잘 날아갈 줄은 몰랐네. 요즘은 완전히 종이비행기 날리기에 푹 빠졌단다."

"네."

"저 언덕은 참 근사해. 저 위에서 날리는 게 가장 좋아. 여기까지 날아올 줄은 몰랐지만 말이야."

나는 혼잣말처럼 말하고, 래피얼 언덕을 돌아보았다. 낮에 보이는 아름다운 언덕은 거기에 없었다. 윤곽이 희미해서 주변 일대가 솟아오른 빵처럼 둥그렇게 보였다.

"고분이라고 하셨는데, 올라가보면 아무데도 표시가 없어요. 그래서 그냥 공터라고 생각했어요."

여자아이의 아버지에게 그렇게 말했다.

남자의 나이를 가늠할 수 없었다. 얼굴에는 적당히 주름이 있지만 머리카락은 젊은 여자처럼 찰랑거렸다. 그것을 쓸어올리면서 그가 말했다.

"몇년 전까지는 안내판도 있었어요. 택지개발업자가

들어온 뒤로 고분인지 그냥 언덕인지 분간하기 어렵게 되었죠. 요즘은 택지로 지정된 땅도 잘 팔리지 않는 모양이에요. 이 지역은 버림받은 땅 같아요. 우리처럼 오래전부터 터를 잡고 살아온 주민들도 이젠 손으로 꼽을 수 있을 정도고, 고분 말고는 아무것도 없어요. 역에서도 멀고. 바람은 잘 통하지만 점점 외로워지기만 할 뿐이죠. 아이들도 점점 줄어들어서 이젠 보기 드물어요. 옛날에는 언덕마다 아이들이 북적거렸는데. 언덕 위는 바람이 좋아서 도시락을 먹기에 좋은 곳이었죠. 저 흙더미도 이젠 단순한 무덤으로밖에 보이지 않아요."

혹처럼 생긴 고분이 파도처럼 멀리멀리 이어진다. 어둠 속에서 그것을 본 것만 같아서 확인하려 돌아보았지만, 어둠만이 더욱 커져 있었다.

꽤 오래 이야기를 나눈 것 같았다. 종이비행기를 여자아이에게 건네고 집으로 가려고 돌아섰다. "고맙습니다." 여자아이가 인사했고, "또 만나자" 하고 내가 말했다.

돌아오는 길에는 모닥불을 쬔 것처럼 배 아래쪽에 온기가 퍼져 있었다.

낮에 회사에서 도장을 찍고 있을 때면 나는 거의 말을 하지 않는다. 말하면서 할 수 있는 일도 아니고, 대화를 나눌 만한 동료도 없었다. 집에 돌아와도 혼자이기는 마찬가지여서, 참으로 오랜만에 사람들과 이야기를 나눈 것이었다.

마른 내 입술을 만지작거리다 손가락을 내 그곳에 넣었다. 종이비행기의 확실하고 날카로운 끄트머리와 같은 것, 그런 것을 나도 갖고 싶었다. 무엇이든 좋으니, 날카로운 끝에 격렬하게 부딪쳐보고 싶었다. 나는 바싹 말라 있었지만, 완전히 말라 있는 것은 아니었다. 안에서 스며나오는 듯한 낌새가 느껴졌다.

다음날도 그 다음날도 나는 저녁이 되면 언덕에 올라 종이비행기를 날렸다. 여자아이의 집은 잘 보였지만 커튼이 닫혀 있어서 사람이 있는지 없는지 알 수 없었다. 정원 앞에서 잠깐 이야기를 나누었을 뿐인데도 나는 그 집을 오래전부터 잘 알고 있는 듯한 느낌이 들었다. 내 집처럼 그립기까지 했다.

이렇게 감정을 담아서 풍경을 바라본 적이 없었다. 풍경에서 감정을 길어올리는 건지도 모른다.

여자아이의 아버지가 얘기한 것처럼 이곳은 확실히 조용한 마을이다. 예전에 미즈오가 아직 어렸을 때는 주변에서 아이들 소리가 들렸던 것 같다. 저 여자아이와도 마주친 적이 있지 않을까. 옛날 아이들은 다 어디로 갔을까. 설마 미즈오를 비롯해 그때의 아이들이 모두 이 마을에서 달아나버린 건 아닐까. 그런 상상을 하고 있는데, 언덕 아래 집의 문이 열리고 며칠 전의 그 소녀가 나타났다.

소녀를 향해 가볍게 손을 흔들었다. 내 모습이 소녀의 눈에 보일까 조금 염려가 되었다. 그러자 소녀도 나를 알아본 듯 가볍게 인사를 하고 손을 흔드는 게 아닌가. 가슴 깊은 곳에서 기쁨이 솟아올랐다. 내 쪽에서 보이는 것이 저쪽에서도 보인다는 것, 그런 작은 것에 기쁨이 느껴졌다. 하지만 그 자리에 그 아버지의 모습이 보인다면 훨씬 더 기쁠 것 같았다. 다시 한 번 그를 만나고 싶다.

이윽고 여자아이가 숨을 몰아쉬면서 언덕을 달려올라왔다.

"안녕하세요."

"안녕, 내가 보였니?"

"네, 보였어요. 아빠가 가보라고 했어요."

"그래, 고맙다. 아버님은 늘 집에 계시니?"

"네, 집에서 하는 일이거든요. 인각사라고 아세요?"

"아니, 잘 몰라. 어떤 일이니?"

"글자나 그림을 새기는 일이에요."

"아, 도장 같은 거?"

"옛날엔 그런 것도 팠어요."

"지금은?"

"지금은 사람의 몸을 파요."

"아, 문신, 문신이구나. 몸에 새기는 거지?"

묘하게 밝은 내 목소리가 조금 부끄러웠다. 여자아이는
내 얼굴을 가만히 쳐다보았다.

"아주머니는 혼자 사세요? 항상 혼자시네요."

"아니야. 아들이 하나 있었는데……"

"지금은 같이 살지 않아요?"

"아냐, 곧 돌아올 거야."

감출 생각은 없었지만, 미즈오에 대해서는 지금은 덮
어두고 싶었다. 꿈속에서는 늘 미즈오가 있어서, 빨리 먹
고 학교 가야지, 지각할라, 하고 말한다. 잠에서 깨면 여
지없이 허전함을 느끼고 미즈오가 곁에 없다는 것을 깨닫
는다. 그러기를 거듭하는 사이 마음속에는 골짜기보다 더
깊은 상처가 파였다. 미즈오가 없는 현실이 점점 더 윤곽
이 또렷해져갔다. 아무리 이리저리 굴려보고 찔러보아도
역시 미즈오가 없다는 것을 깨닫게 되고, 그럴 때마다 나

는 눈을 부릅뜬 채 천장을 노려보고 두 시간이고 세 시간
이고 자리에서 일어나지 못한다.

"그보다는 얘, 그 비행기는 날려보았니?"

"네, 실은 오늘 아침에요."

"학교 가기 전에? 일찍 일어나는구나!"

"학교에는 가지 않아요. 전에도 말씀드렸지만요."

"아, 들은 것 같은데…… 잊어버렸어. 그런데 왜 학교에
가지 않니?"

"어느날, 바람이 너무 세게 불어서요."

"바람 때문이야?"

"바람 때문만은 아니었지만요, 특히 그날은."

"아버지는 뭐라고 하셨니?"

"아버지는 아무 말도 하지 않으세요. 하지만 바깥바람
을 더 쐬어야 한다고는 하세요."

"그건 그래. 이 언덕 위로는 바람이 강하게 분단다. 종
이비행기는 어때? 아주 잘 날지?"

"네, 그냥 두꺼운 종이일 뿐인데도 잘 날아서 놀랐어요.
날아가는 도중에 목숨이 늘어난 것처럼 점점 더 멀리 날
아가는 게 무서울 정도였어요. 예상했던 것보다 훨씬 더
멀리까지 날아갔어요."

"그렇지? 종이비행기를 날리는 사람은 그걸 염원하는 거란다."

그렇게 말하면서 래피얼의 마음에 내 마음이 겹쳐졌다.

"예상한 것보다 훨씬 더 멀리 날아가서 착지하지. 그러면 내 마음이 고무줄처럼 늘어난단다."

"네, 맞아요. 목숨이 늘어나는 것 같았어요."

"그래, 오래 살고 싶은 생각은 없지만, 예를 들면 그날 죽는다고 알고 있었는데 뜻밖에 하루가 더 남아 있는 느낌이랄까."

"어차피 거기까지는 닿지 않을 거라고 생각했는데 훨씬 멀리까지 가니까요."

"깜짝 놀라지."

"경계를 넘어가는 거예요."

"내 힘이 아니라 비행기 스스로의 힘으로 말이야."

어쨌든 넘어선다는 건 굉장한 일이다.

"즐거웠다니 다행이구나."

"하지만 죄송해요. 선물로 주신 건데 날리고 줍고 하다 보니 마지막에는 어딘가로 사라져버렸어요."

"마지막에는 모두 다 사라진단다. 종이비행기는 아직 얼마든지 있으니까 걱정하지 마. 오늘은 다른 걸로 날려보렴."

나는 들고 온 마지막 봉투 속에서 묵직하고 본격적인 모양의 비행기를 꺼내 여자아이에게 건넸다.

"종이로 만들었지만 비행기는 비행기야."

"이건 꼭 전투기 같아요."

"응, 종이로 만들었지만 끝이 날카로워서 싸울 수도 있을 정도야. 그러니까 절대로 사람을 향해서 날리면 안돼. 맞으면 상처를 입을 수도 있으니까. 종이에 곧잘 손가락을 베이기도 하잖아. 종이는 부드럽지만 흉기가 되기도 해."

그때 나는 다시 미즈오가 생각나서 무심결에 눈꺼풀을 눌렀다. 래피얼의 비행기가 미즈오의 눈꺼풀을 찔렀을 때, 나는 내 눈꺼풀이 아픈 것처럼 느꼈다. 세상의 어머니는 다 그런 걸까. 이미 어미의 배에서 나와 떨어졌는데도, 보이지 않는 어딘가가 이어져 있다. 그것은 아무리 자르려 해도 좀처럼 잘리지 않는 질긴 끈이다. 하지만 부모와 자식은 모두 각자 방법은 다르지만 그 끈을 잘라내고 성장한다. 그렇게 하지 않으면 아이는 스스로를 만들지 못한다. 그렇게 하지 않으면.

아이의 아픔을 고스란히 자신의 아픔처럼 느끼다니, 그

건 몹시 기분 나쁜 일이기도 하다. 나도 기분이 좋지 않지만, 그걸 알아버린 아이는 더 불쾌하지 않았을까.

눈을 감자 쿡쿡 쑤시듯이 아프다. 환각이라는 것은 알고 있다. 종이비행기의 뾰족한 끝이 날카롭게 내 눈꺼풀을 찌른다. 둔탁한 통증이 퍼져간다. 누구의 아픔일까. 미즈오의 아픔일까. 내 아픔일까. 이미 그 통증에는 정해진 소유자가 없다.

여자아이와 나는 그날 어두워질 때까지 번갈아가며 비행기를 날렸다. 날아가서 닿은 곳이 확인되면 그걸로 만족했다. 얼굴을 마주 보며 웃기도 했다. 말은 거의 하지 않았다.

종이봉투가 텅 비었을 때에야 내가 말했다.

"이제 다 날렸구나."

"아쉽네요. 재밌었는데."

"종이비행기는 이제 없어. 더 날리고 싶으면 네가 스스로 만들어보렴."

"알았어요."

"완성되면 이 언덕에 들고 와서 나한테도 보여줘."

"네? 왜요?"

"네가 어떤 비행기를 만들지 궁금하거든."

"아주머니는 만들지 않아요?"

"글쎄다. 난 이미 날릴 만큼 날렸으니까 후련해."

"후련하다뇨?"

"종이봉투가 세 개 있었는데, 그 속에 든 종이비행기를 전부 날렸거든. 이젠 텅 비었어. 그래서 속이 후련해졌어."

"맞아요, 종이비행기를 날리면 마음속이 후련해져요."

"응, 정말 그래."

"날린 종이비행기는 그냥 놔뒀어요?"

"응, 날리고 나면 그걸로 끝내."

"우리집에 날아온 건 가지러 오셨잖아요."

"그건, 어쩐지 가지러 가고 싶었어. 잘 날았으니까."

"그랬군요."

"그건 특별했거든. 하지만 날아가버린 건 다시 찾으러 가지 않는 게 좋아."

"그렇지만 그대로 두면 쓰레기가 되잖아요."

"종이비행기가? 누군가 다른 사람이 주워가도 좋고, 그대로 둬도 언젠가는 흙으로 돌아가겠지. 바람이 불면 어딘가로 날아갈 테고. 이미 날려버렸으면 그다음 운명은 이제 종이비행기의 것이잖아."

"그건 그렇지만요. 저, 지금까지 날린 종이비행기는 그런데 어떤 사람이 만들었어요?"

"잘 아는 남자."

"그 사람, 죽었나요?"

"왜 죽었다고 생각하니?"

"잘은 모르지만……"

"나도 몰라. 살아 있는지 죽었는지."

"또 여기 오실 거예요?"

"글쎄, 네가 불러주면 올게."

"네, 그럼 제가 부를게요. 종이비행기를 만들고 나면."

"저기, 저 아파트 보이지?"

"어디요?"

"봐, 저기."

"어딘데요?"

"벽돌로 지은 낡은 아파트가 보이지? 나는 저 아파트 이층 205호에 살고 있어. 거기서는 이 언덕이 아주 잘 보인단다. 네가 이 언덕에 오르면 손을 흔들어주렴. 소리내서 불러도 좋고."

"들릴까요?"

"큰 소리로 불러줘. 창문을 닫아도 들릴 거야. 내가 너를 불러도 좋고."

"네, 그래요. 근데 그 아파트가 어디 있어요?"

"안 보이니?"

"네, 안 보여요."

"그럴 리가 없어."

"아파트가 보이면 손을 흔들겠지만, 안 보이는걸요. 게다가 난 아주머니 이름도 모르니까 아파트가 보인다고 해도 뭐라고 불러야 할지 몰라요."

여자아이는 언덕을 달려 내려갔다.

"내 이름……"

갑자기 아득해졌다. 갑자기 내 이름이 생각나지 않았다.

강한 돌풍이 언덕을 훑고 지나가고, 나는 텅 빈 종이봉투를 손에 들었다. 섬뜩할 만큼 가벼웠다.

텅 빈 공(空)을 들고 혼자서 아파트 방으로 돌아왔다.

창문을 열자 언덕이 보였다.

그 너머에도 작은 언덕들이 띄엄띄엄 솟아 저 끝까지 이어져 있었다.

죽음을 내포한 절정의 빛

「타따도(タタド)」는 제33회 카와바따 야스나리(川端康成) 문학상 수상작이다.

20년을 살아온 부부와 그들의 이성친구인 남녀 한 쌍이 바닷가 별장에 모인다. 해초를 줍고 정원에 떨어진 여름 귤을 먹고 와인을 마시며 허물없이 주말을 보낸다. 권태와 우정이 교차하는 하룻밤이 지나고, 네 사람은 아침을 맞으면서 누가 먼저랄 것도 없이 자연스럽게 상대를 바꾼다.

즐거워 보이지만 그들에게서는 물 위에 비친 그림자처럼 체념의 빛이 어른거린다. 죽음이 내포된 절정의 불꽃

218

이다.

정원의 여름귤나무에서 떨어진 귤. 아담과 이브의 '금단의 열매'를 암시하듯 그들 남녀는 얼굴을 찡그리면서 그 시디신 귤을 씹어먹는다. 노랗게 빛나는 귤을 탐하는 모습에서 이 이야기의 이미지가 선명하게 드러난다. 코이께 마사요의 소설을 읽고 있으면, 파도가 찰싹찰싹 다가와 마음속까지 스며드는 듯한 문장의 맛에 깊이 매료된다.

이 소설에는 얼굴이 '불독 같다'는 중년 남자가 나온다. 자신이 직접 거울을 들여다봐도 '유들유들해 보이고 못생긴 얼굴'이라고 생각한다. 하지만 남자는 의외로 피부가 민감해서 면도도 마음대로 하지 못한다. 중년이 되어서야 얼굴에 화장수를 바를 생각을 한다. 화장수를 '찰싹찰싹' 바르고 나서 양 손바닥으로 얼굴을 감싸듯이 덮는다. 액체가 천천히 피부에 스미는 것을 느끼면서 중년 남자는 어울리지도 않게 금세 만족해한다. 그 감각이 읽는 사람에게까지 그대로 스며온다. 그러나 편안한 느낌은 아니다. 이 책의 이야기들은 죄다 가슴이 철렁 내려앉는 듯하고, 두려움이 일고, 불길한 그림자가 드리워져 있다.

코이께 마사요는 이 작품의 수수께끼 같은 제목에 대해 수상소감에서 이렇게 밝혔다. "몇해 전 시즈오까 현(靜岡

縣) 이즈 반도(伊豆半島)의 타따도(多々戶) 해안에 간 적이 있다. 불볕더위에 한낮의 해변은 달아올라 있었다. 바닷가에 처음 나갔을 때, 별 생각 없이 맨발로 모래밭에 내려갔다가 뜨거워서 눈물이 나올 뻔했다. 이게 뭐람. 이게 바로 지옥이지. 그저 걷는 것조차 힘들다니. 그랬다. 그곳은 지옥이었다. 그곳은 도시에서 온 인간을 너덜너덜 해체시켜버리는 지옥이었다. 누가 날 여기에 데려왔단 말인가. 그런데 뭘 원망해야 할지 몰랐다. 「타따도」는 그 타따도 해안을 모체로 해서 태어났다. 하지만 어머니에게서 아이가 분리되어 태어났으니 타따도는 이미 타따도가 아니고 타따도에 돌아가지도 못한다. 타따도란 뭘까. 파도 이랑 사이에 떠오른, 문적문적하게 불어터진 인간의 기분 나쁜 물기 같은 것일까."

"닿기만 해도 좋아. 오래, 아주 오래, 시간을 들여서 서로 애무하는 거야. 천천히. 그것만으로도 좋아." 어쩌면 '타따도'란 그런 게임에 따라 모험을 감행할 사람들에게만 통하는 암호일지도 모른다.

「파도를 기다리며」는 파도타기의 즐거움에 빠진 남편이 써핑하러 바다에 나가 돌아오지 않는 바닷가에서 아이와 함께 남편을 기다리는 여자의 이야기다. 바람과 모래와 물과 빛에 의해 침식되어가는 바닷가의 시간이 그려지는데, 신기하게도 그것들이 여자와 일체화되어간다. 저녁해를 맞이하는 사람과 아침해를 기다리는 사람의 햇살은 서로 다르다. 저녁해는 둔중함과 함께 한순간에 빛을 발한다. 코이께 마사요는 그것을 시인다운 절묘한 이미지로써 표현해낸다.

남편의 등에 썬크림을 발라주는 여자는 남편 등의 눈부신 탄력에 놀란다. 그리고 그것에서 대합의 힘을 떠올린다. 끓는 조갯국 속에서 때마침 대합 하나가 입을 쩍 벌리며 여자가 멍하니 쥐고 있던 국자를 툭 하고 밀어올렸던 기억. 그 놀랄 만큼 관능적인 촉감.

조개가 무언가를 밀어내면서 입을 벌릴 때, 그것은 조개가 죽을 때이다. 하지만 그 죽음이 아꼬의 눈에는 생의 절정처럼 보였다. 죽은 조개는 끓는 물속에서도 결코 입을 벌리지 않는다. 하지만 살아 있는 조개의 생은 입을 벌리기 직전에 파도처럼 솟아올라 비등점에 이른다. 그리고 드디어 열린 죽음 속으로 격렬하고 평온하게 무너져간다. 남편의 등에서 본 것도 죽음을 내포한 생의 절정의 빛일지도 모른다.

누르면 금방 원래대로 돌아오는 남편의 등이 지닌 눈부신 탄력에서 여자는 목숨이라는 것은 탄력이 있는 것이라고 생각한다.

코이께 마사요의 소설을 읽으면 줄거리보다는 문장이 빚어내는 광채에 놀라게 된다. 마치 하나의 문장을 위해 줄거리가 있는 것처럼 느껴질 정도다.

「45자」는 한 남자가 동급생 부부의 집에 들어가 사는 기묘한 더부살이 생활을 그렸다. 곰팡이가 잔뜩 낀 집에서 붙박이 가구처럼 생활하는 두 남자와 한 여자의 한집살이가 물기 없는 문장으로 그려진다.

남자 주인공이 중학교 시절 육상대회에 보결선수로 참가했을 때, 쏟아지는 태양빛을 받고 가만히 앉아 있던 자신에게 함께 출전한 못생긴 여학생이 말을 걸어준 적이 있다. 그 여학생의 말 속에는 마음에서 우러나는 따스함이 있었다. 그리고 20년이 지나서 그 말을 떠올리는 주인공에게서도 역시 그 아이에 대한 따뜻한 감정이 배어난다. 그 여학생이 지금 두 남자와 한집살이를 하고 있는 여자이다. 이처럼 이 소설집에 나오는 남녀들의 관계에는 어디나 흔히 있을 법한 남녀관계를 뛰어넘는 특별한 힘이 있다.

「언덕 무리」는 미국인 남자와 결혼했다가 이혼하고 하나뿐인 아들이 가출해 돌아오지 않는 여자의 이야기이다. 여자는 언덕처럼 생긴 고분 위에 올라가 남편이 만든 종이비행기를 띄우며 아들을 기다린다.

코이께 마사요의 소설에서는 어디선가 '죽음'이라는 차가운 바람이 불어오는 듯하다. 「파도를 기다리며」에서 폐경을 지난 한 여성이 "내가 꼭 무거운 짐짝 같아서, 끌고 다니기가 고됐지. 지금은 자유로워. 바다 위를 둥둥 떠다니는 것 같아"라고 말하듯이, 생명조차도 대수롭지 않게 여기며 어떤 일에도 동요하지 않는 신비한 분위기가 있다.

2010년 9월
한성례

파도를 기다리다

초판 1쇄 발행 • 2010년 10월 8일

지은이/코이께 마사요
옮긴이/한성례
펴낸이/고세현
책임편집/이상술
펴낸곳/(주)창비
등록/1986년 8월 5일 제85호
주소/413-756 경기도 파주시 교하읍 문발리 513-11
전화/031-955-3333
팩시밀리/영업 031-955-3399 · 편집 031-955-3400
홈페이지/www.changbi.com
전자우편/literat@changbi.com
인쇄/한교원색

한국어판 ⓒ (주)창비 2010
ISBN 978-89-364-7195-8 03830